翼想本

翼想本

吾名翼
繪／ツバサ
非常男子高校
UNUSUAL HIGH SCHOOL
男能可貴，必須知男而上
番外篇

非常男子高校

Unusual High School

男上加男，人生好困男

目錄

第一話：後知後覺的戀情危機　007
第二話：挽回戀情的覺悟　033
第三話：秀色可餐的人　063
第四話：較勁的驚喜　089
第五話：讓人不安的驚喜　137
第六話：有些酒是不能喝的　173
第七話：與你的過去和未來　213
尾聲：戀人和家人　241
後記　250

非常男子高校

Unusual High School

☆男上加男，人生好困男☆

第一話：後知後覺的戀情危機

問：戀人之間多久沒傳簡訊，屬於不正常？

一個小時？一天？一週？還是？

十分鐘前，左源從沒想過這個問題。如果不是高一教職員辦公室的英語老師拿著手機，用不悅又嫌棄的語氣提起男朋友居然超過十二小時沒回她訊息，他懷疑自己可能這輩子都不會主動去想這個問題。

伴隨英語老師的抱怨落下，辦公室內此起彼伏的響起了其他三位同事的應和聲。

「可不是！那群臭男人，整天就知道捧著手機打遊戲，好像他們的手機根本沒有回訊息這個功能。」化學老師擺弄著試管，目光專注中閃爍著一點點的危險。

左源只覺頭皮發麻，有些擔心她那打起遊戲來就忘記回覆訊息的男朋友。

「我女友規定，除非上課、睡覺，訊息必須在十分鐘內回覆，晚一秒就扣一百。」數學老師推了推眼鏡，批改作業的手不停。「很不幸，這個月的零用錢已經被扣光了，目前欠了三千五百四十元。」

「哎呀！那你們可太慘了。我老婆就不一樣，她要是忙起來，可能連續兩、三天都懶得搭理我。」教國文的袁老師拿起汗巾擦擦自己油光發亮的頭頂，用頗為自豪的語氣說道。

左源不明白他的自豪從何而來。

在場的老師們也都理解不了，甚至向袁老師投去了同情的目光。

「袁老師，中年男人離異後，若想要再婚，會變得非常困難。」

「比毛囊煥發青春還要難。」

「我覺得以老師的薪水，這輩子買一次鑽戒就很困難了。珍重啊！」

「喂喂喂！我和老婆相親相愛得很，你們少烏鴉嘴！」汗巾往桌上一拍，被大家調侃得急紅了臉的國文老師，忙將話題拋向了坐在教職員辦公室角落的左源。

「左老師呢！對了，左老師有女朋友了嗎？」

此話一出，辦公室裡的視線統統集中到了左源的身上。

就連忙於批改作業，欠下三千五百四十元的數學老師也停下了筆。

「對啊，左老師看上去乾乾淨淨的，肯定早就有女朋友了吧？」

「大學四年肯定很受歡迎吧？」

「前兩天，有個學生跟我打聽左老師有沒有戀人。很遺憾，我答應了那個學生，不能說出她的名字。」

接連不斷的問話，配上英語老師目露精光的表情，這瞬間左源不禁懷疑英語老師最初的抱怨就是為了引起話題，好藉此來套他的話。

在座的老師們都是已經共事了至少三、四年的老同事，唯獨左源，是今年大學畢業，托了點關係才進入重點高中——菱東高中的新人老師。

左源負責的課程是體育，最適合他，也是這間教職員辦公室裡最沒有技術含量的工作。

他勝在長得不錯，實測一百七十九公分、但拿鞋跟糊弄一下就能謊報一百八，配上常年運動，結實卻不臃腫的修長體型，更是讓他光是站在那裡就很引人注目。

再加上他笑起來自帶爽朗陽光的親和力，讓他這小菜鳥從入職起，就十分討老師們的喜歡。

終於找到個機會八卦、試探左源，當然誰都不會放過。

面對這些問題，左源撓撓頭，老實回答：「我沒女朋友啊。」

「那男朋友呢？」袁老師搶在已經張開嘴的英語老師前追問。

「這個嘛……」

鈴鈴鈴——

上課的鈴聲很是時候的闖了進來，終結了這個話題。

縱然老師們有再多的好奇，工作都是第一位。

英語老師、化學老師和國文老師不約而同地拿起教學材料站起來，急匆匆地往外走。

數學老師嘀咕了句「得在下節課前批完作業啊」，低下頭繼續奮筆疾書。

教職員辦公室一下子恢復了安靜。

——呼……好險。

不想說謊，更不想毫無準備地跟新同事出櫃，左源長出了口氣，從抽屜裡拿出手機。

他的手機鎖定螢幕桌面是系統自帶的藍天白雲，索然無味。但在密碼解鎖後，就變成了一名身著襯衫的男子。

對方有著明顯的混血特徵，膚色比一般亞洲人要更為白皙，在光下甚至有些透光，就像童話中描繪的、與光為一體的精靈。高挺的鼻梁讓五官看上去更為立體，一雙罕見的紫眸看向鏡頭，與唇角一同彎起好看的弧線。誰看到這張照片，都會情不自禁地脫口而出兩個字——帥哥。

即便是老師、學生們公認長得不錯的左源站到他旁邊，也會黯然失色。

而這個人，正是左源的男朋友。

是的。左源沒有女朋友，因為他有一個交往了四年又三個多月的男朋友，名叫千騰慎。

身為企業家的孩子，千騰慎只比左源大幾個月，但在外貌、家世、學識、工作等等各方面都高出左源一籌，全方位碾壓著他。

這樣的人究竟是怎麼看上左源的？

老實說，左源自己也想不通。

一開始，他們只是菱東高中男生班的同班同學。因為班導，也就是左源叔叔左黎的特意安排，年級第一的千騰慎成了左源的室友。

面對優等生千騰慎，左源顯得狼狽得多。他高中前從沒認真讀過書，成績門門倒數，就連成語都不認識幾個。

左源還清楚地記得兩人初次見面時，千騰慎為了測試左源的基礎出題，有一道是讓他說幾個成語。那時的左源只說出了一個——斯文敗類，還被他缺心眼地拿來形容初見千騰慎的第一印象。

左源敢對天發誓，他是想稱讚千騰慎長得好看且有文化，只可惜這唯一能說出口的成語，壓根不是那個意思。

這導致千騰慎對他的第一印象極差，每天看他的眼神就和看沒腦子的單細胞生物似的，要多嫌棄有多嫌棄。

遭遇這等嫌棄，若放到左源國中的時候，他只會做兩個選擇：

一、和對方打一架，用拳頭說話。

二、離對方遠遠的，他們根本不是一個世界的人。

偏偏千騰慎能夠單手接住左源的拳頭。左源保守估計，他最多和千騰慎打平。

偏偏那時的左源被迫肩負了男生班班長的重任。

偏偏千騰慎遠不只讀書好那麼簡單，就連面對左源最沒轍的左黎，他都能想出應付的法子。

正值青春期，男生們一個比一個叛逆，老師更是如笑面虎般難搞。用腳趾頭想也知道，單憑左源一個人想要管住班級內二十幾個男生、讓大家心服口服，是不可能的。

所以左源抱住了千騰慎的大腿，死纏爛打著要做千騰慎的死黨——沒什麼是小慎解決不了的！如果有，那加上我，我們就是無敵！

秉持著這個原則，左源在千騰慎的幫助下，順利地度過了最艱難的高一上半學期。他的成績和聲譽都大幅提升，成為了毋庸置疑的班長。

而千騰慎成為了那時的左源心目中最重要，也最特別的好朋友。

左源期待著和千騰慎一同讀書、生活，一同畢業，再上同一所大學。他相信有千騰慎在身邊點撥，就算是他，也有希望考上重點大學。

可千騰慎卻在高一上學期結束時轉學、出國了。

用千騰慎的話來說，他早已規劃好自己的人生，其中原本是沒有「就讀菱東高中」這一項的。

只是因為父母希望他能放慢步調，去感受一下普通高中生該有的生活，他才給了自己半年的假期，進入菱東。

菱東的學業難到令左源頭痛，可對千騰慎而言卻很簡單，他早就自學完了，繼續留在菱東高中，就是在浪費人生。

他必須回到屬於自己的人生軌道裡，也必須離開菱東，才能去思考另一件他過去從沒有想過的問題。

當時的左源不知道什麼問題需要千騰慎離開菱東才能思考。

他擔心的只有一件事——千騰慎離開後，他們還能繼續做朋友嗎？

畢竟，千騰慎在菱東高中時，也是靠左源天天纏著他，左一句「好朋友」，又一句「好哥們」，強行將兩個人的關係連接起來的。

擔心物理距離會沖淡這份「友誼」，左源拿到千騰慎在國外的聯絡方式後，每天都會發訊息給對方，向他傳送「最好的朋友」的關愛，刷滿自己的存在感，煩得千騰慎只能反過來關愛左源的學業，讓他自覺閉嘴。

節假日，千騰慎要忙學業，左源基本不指望他會回國。但左源萬萬沒想到的是——就連寒暑假，千騰慎都不回國！

他每次不回國的理由都很統一：「我有課題要跟著教授做。」

「你這究竟是做了多少課題！跟了多少教授啊！」左源在網路另一端捶桌，拿不回國的千騰慎沒有任何辦法。

身為學生的他，沒有錢買機票。

他的外語水準也不足以讓他獨自出國。

也許努力存錢、努力學習，就能克服以上兩個問題，但最後的一個問題……左源知道不是自己努力就能解決的。

——如果小慎不回來，只是單純的不想見我呢？

那他就算籌夠了買機票的錢，將語言練到能夠找到千騰慎就讀大學的水準，又能怎麼樣？

左源害怕自己滿懷期待見到千騰慎時，對方卻露出為難又尷尬的表情。

因此，不能見面、不能一起玩，固然讓左源感到失落，但至少現在，網路讓兩個人能夠聊天、視訊。視訊中的千騰慎偶爾還會露出微笑，讓左源好好讀書。

「我可是小慎通訊錄裡最不一樣的朋友了，還有誰的學歷和家世比我普通！」晃掉去找千騰慎的想法，左源自言自語地安慰著自己。「但就算是這樣的我，小慎還是天天回我訊息，這說明我們是關係很鐵、很好的朋友嘛！」

就這樣，兩個人靠網路維持了兩年多的網友關係，千騰慎也兩年多沒有回國。

——小慎不會就這樣留在國外，不回來了吧？

臨近高中畢業，這個想法在左源的心裡越發強烈。

大家都說，大學和國中、高中完全不一樣。進入大學等同於踏入一個新的世界，會有不同於過去的交友圈和生活。

左源對這樣的描述感到莫名的不安。

心底有個聲音順著這份不安，開始喋喋不休：如果千騰慎真的不回來了，那麼也許，大學，就會是兩個人關係淡薄、乃至消失的轉捩點。

這不是左源想看到的，卻是左源最無能為力的。

他更加頻繁地發訊息給千騰慎，希望這些訊息能夠成為維繫兩人關係的紐帶。

然後在千騰慎出國兩年零五個月又十一天後，左源收到了對方的訊息：

【慎：畢業典禮那天，我會回來。】

短短十個字，神奇地打消了左源累積兩年多的不安。

——等小慎回來後，我們一起出去玩吧！

——先去我最喜歡的披薩店，再去打電動，最後……泡澡！沒錯！坦誠相見的泡澡活動，最能培育兄弟之間的情誼了！

左源詳盡地計畫了一堆行程，從白天到晚上，絕不讓千騰慎有絲毫時間感到無聊。想到最後，左源甚至幻想出千騰慎牽起他的手，讚嘆左源是多麼棒的朋友的畫面！

事實上，千騰慎的確牽住了左源的手，可是——

左源卻被他認定了要做一輩子好朋友的千騰慎親了！

「我喜歡你，左源。從兩年多前離開菱東時就喜歡上了你。」拇指蹭著臉頰，千騰慎壓低聲音說：「不是對朋友的，而是對戀人的喜歡。喜歡到想要親吻你，擁抱你，進入你，獨占你，不能允許你把其他人放進心裡，更不能允許你拒絕我。」

這情形實在太魔幻了，超出左源的預計，他的大腦直接當機了，只能傻愣愣地聽千騰慎在他耳邊述說，說他從沒把左源當作朋友，至少從兩年多前離開菱東起，他就沒再把左源放在朋友這一欄。

——不是兩年多前，是兩年零五個月又十一天。

左源在心裡強調。

千騰慎又說，他給過左源疏離自己的機會，整整兩年多他都沒有回來。

——所以說，不是兩年多前，是兩年零五個月又十一天！

比起聽到千騰慎的告白，左源發現自己更在乎的是兩個人分開的時間。

他每天都在掐指算日子，比千騰慎更在意這一點。在意到，此時此刻收到千騰慎的告白，他忽然發現……好像也沒有什麼很難接受的？

從沒談過戀愛，這是左源第一次思考自己是直或彎的問題。

他在心裡快速地幻想了一遍自己認識的其他男性，如果他們和自己告白……

左源頓覺拳頭都硬了。

抬頭再看千騰慎，左源嚥了嚥口水，強硬地回親了上去。

——很好，小慎的口感不錯。

左源並不討厭，甚至心跳還有點加快。

於是，他當機立斷地下了結論：當不成千騰慎最重要的朋友，就當他最重要的男朋友吧！他為千騰慎彎了！

左源的接受速度快到千騰慎都震驚了。

「其實那時候我做好了最壞的打算。」

事後很久，千騰慎才坦白了當時的心情。

他想過自己的告白可能會讓左源不解、抗拒，甚至對他產生厭惡的情感。

但為了得到左源，千騰慎決定用上各種強取豪奪的戲碼，哪怕最後靠強人所難，把愛做出來，也要讓左源接受自己。

結果沒想到左源適應力那麼強，千騰慎只親了一口，就把他給親彎了。

「老實說，你讓為這件事糾結了兩年多、看一堆『掰彎同性朋友』方法的我顯得很愚蠢……好吧……我承認，在你的事上，我經常犯蠢。」

或許是不想讓自己再露出愚蠢的表情，也或許是不想讓左源追問「你還因為我犯過什麼蠢」，千騰慎捧住左源的臉，將所有未說出口的話淹沒在了吻中。

一如當時。

戀人關係確定後，很有男朋友自覺的左源做了兩件事：

其一，他在個人主頁上公開宣布自己戀愛了。當然，無論大家怎麼旁敲側擊，左源都沒說出千騰慎的名字。

畢竟左源在此之前從沒想過自己會交男朋友，而那個人還是千騰慎。他需要一些日子好好適應兩人改變的關係。

而且左源對千騰慎過度在意的事眾所周知，就算他不公開戀人的名字，瞭解左源的朋友也能猜到答案。

大家都不約而同地向左源送出了祝福的訊息。

其二，左源做的就是拿出期末考前的學習精神，認認真真地研究了同性之間的做愛方法，從前列腺論文到網路上呼聲極高的「動作大片」。

不能說看了就會，但好歹知道了個大概。例如同性之間做愛，不希望承受方受傷，前戲、保險套和潤滑液就非常重要。

左源邊看影片邊連連點頭。兩隻手對著空氣，模擬著擴張的手勢，嘴裡振振有詞地嘀咕：「小慎的第一次，我一定得拿出足夠的耐性幫他擴張……嗯！幸好我下面的尺寸是亞洲人平均值！」

左源第一時間與千騰慎分享了尺寸的喜訊。

「……」千騰慎話沒多說，緊接著身體力行地讓左源清楚認知到，誰才是真正的承受方。

「反正只要和小慎在一起，誰上誰下都一樣！」左源大刺刺地表示，依然很快地接受了自己的定位。

他沒告訴千騰慎，他願意做承受方的理由還有一個：躺在下面，咳，還挺舒服的……

雖然時常做到後面就大腦空白，被千騰慎誘導著說一些很羞恥的話和事，像是「操我」、「用力地幹我」、「肉棒再深一點」……

戀愛讓左源見到了千騰慎偽裝在性冷淡外表後的壞心眼。

戀愛也讓左源打開了新世界的大門，逐漸食髓知味。

偏偏兩個人一個要上學，一個要上班，目的地分別位於城市的南北兩個方向，一個星期能見上一次面都算好的。

如果碰上千騰慎手上的專案趕工，必須要加班，那兩個人就只能兩個星期見一次面！

這是熱戀期的人能夠忍受的？

左源就算精神能夠接受遠端戀愛，他的身體也接受不了！

不是他有多飢渴，而是千騰慎這看上去清心寡慾的傢伙，總能夠在兩人相見後，跟左源大戰個徹夜不眠，耕耘無度。

左源的身體——更正，是屁股！真的！吃不消！

就算再食髓知味也吃不消！

「小慎啊，我覺得我對你的第一印象真沒說錯。」某天，左源精疲力盡地躺在床上，對著身邊居然還有力氣坐著辦公的千騰慎說：「沒誰比你更道貌岸然了。」

「身為戀人，我很高興自己能符合你的期望。」千騰慎勾起脣角，將腿上的筆記型電腦螢幕轉向左源。「看下這間房子，覺得怎麼樣？」

「房子？」左源皺眉，撐起身體。「你要買房投資啊？」

「不是投資，是給我們住的。」千騰慎說：「這地區的房子我注意很久了，正好在你我上學工作的中間位置，附近有交通設施能直達你的大學，周邊各項設施也非常齊全，閒暇時可以去逛逛。」

「得了吧，我哪次和你見面是有閒暇時間的？」左源斜眼看向丟了一地的保險套和衣服，揶揄道：「不過，只要我付得起房租，我想現在立刻馬上就同居。」

為了我的屁股著想。

左源暗暗的補上一句。

一眼就看出左源的心思，千騰慎合上電腦，隨手將它丟到一旁，鑽回進兩人的被窩裡。

「房東准許你用身體抵房租。」微涼的手指越過左源的腰，停在柔軟而溫暖的臀部。

「喂，過分了，小慎！居然拿我的屁股暖……唔！」話語被鑽進來的舌堵在了嘴邊，很快就幻化為細碎的呻吟。

臀部的手指染上情慾的溫度，燙得灼人。

「唔……不、要再……唔……」

親吻讓大腦空白，左源毫無抵抗力的、也不想抵抗的和千騰慎又來了一回。

事後，左源更加堅定，必須立刻馬上和千騰慎同居！

只要兩個人天天都能相見，千騰慎肯定就能學會節制！就像當初兩人同居做室友時那樣，千騰慎所向他展現出的是沉穩優雅。

左源美滋滋地想著——

但結果沒有照他的預期發展。

千騰慎的人設自從戀愛後就徹底崩塌了。

住在一起後，左源才真正的體會到了被榨乾是什麼意思。

雖然做愛時的感覺是挺不錯的，但是天天做這檔事，誰能受得了！

於是左源拿出了日曆和演講稿，與千騰慎理性地探討起性事的週期安排。

「我覺得做愛這種事，一週一到兩次就差不多了。我們之間的愛，應該有更多的形式……」

「一週四次。」千騰慎敲著鍵盤，頭也不抬地打斷他。

屁股本能地夾緊，左源放下手中的演講稿：「兩天一次。」

「……成交。」

三言兩語就解決了當時最大的困擾，之後每次回憶起當時的畫面，和自己頭腦清醒的樣子，左源都想站起來為自己鼓掌了──

我實在是太成熟穩重了。

在那之後，千騰慎終於有所收斂，把自己工作之餘的居家時間用到了做飯和全年齡向的雙人娛樂上。

左源自從從菱東畢業後，就再也沒吃過比學校餐廳更美味的菜肴。千騰慎的手藝對他來說就如雨後甘霖一般，拯救了他嗷嗷待哺的腸胃。

左源越發覺得，只要肚子日日填飽、性慾定期有度發洩，這樣的人生簡直就是完美！

很遺憾的是，千騰慎註定無法成為家庭煮夫，兩天一次的做愛計畫更趕不上隨時都會變動的工作日程。

在左源步入大三後，千騰慎終於正式開始接手家族企業裡的事務，手上的工作越來越多，加班的頻率也越來越高，再也不需要左源指著日曆提醒千騰慎今天不是做愛日了，因為他經常回不了家。

接下來的一年裡，千騰慎從隔一天回家，到兩天回一趟家，最後一週才能回來一次，大部分時間他都在各國之間飛來飛去，睡在他國的酒店或者辦公室裡的休息間。

兩人雖然還住在一起，但和同居前已經沒有什麼差別了。

不，準確的說，兩人相處的時間可能還沒有同居前多！

成為了「空中飛人」後，千騰慎就算回到家，也沒精力在休息日和左源糾纏整夜。

他只想自己先暴睡個一天一夜再說。

兩個人在的時候，有一個人沒有精力做愛；一個人在家的時候，想著另一個人擼下面也很無聊。

慾求不滿的人變成了左源。

於是左源想了個法子，把自己用不完的精力全部都投入了遊戲和學業裡！

——我打光棍的時候每天就專注用功讀書和打遊戲，根本想不到擼管！

左源覺得自己就是個小天才。

也多虧了那時夠刻苦，左源取得了不錯的畢設成績和相應的證書，剛畢業就通過了菱東高中的考核，成為了一名體育老師。

從學生變成老師，全新的職業人生讓左源更加忙得團團轉，等他回過神時，他才發現——他居然和千騰慎有半個月，整整十四天沒有聯絡了！

這放在以前是絕對不可能發生的！以前的自己可是會每天掐指算千騰慎出國了多少天！

而現在的他，竟然是在同事偶然的話題提醒下，才發覺這件事！

就算左源的戀愛經驗再不豐富，也知道戀人之間長時間沒有聯絡是多危險的一件事。

左源瞪大眼睛，死死盯住通訊錄上，他和千騰慎的最後一段對話。

內容非常簡單，簡單到左源簡直想抱住兩週前自己的腦袋，使勁地搖晃一番，聽聽裡面是不是進水了。

【慎：明天要出差，大概要二十天左右回來。】

【原諒色：好的！路上小心！】

——我就說了這點話？

左源咬住大拇指指甲，仔細地回憶了一遍當時的情形。

他依稀記得，當時他正在學校附近新開的燒烤店和老師們聚餐。啤酒喝了兩杯，他的腦子就不太清醒了……

他甚至沒有仔細看千騰慎說了什麼，就隨手回了一條！

左源越想越慌，他急忙發訊息給千騰慎。

【原諒色：小慎！你回來的時間確定了嗎？】

發出去的訊息石沉大海。

左等右等等不到回覆，陷入慌張的左源抬起頭，目光一下就落到了屋內僅剩的數學老師身上。

「那個……葉老師……我想請教你一個問題。」

數學老師手中筆不停歇，說：「我聽著，你說。」

「你和戀人……最久多久沒聯絡啊？」

「也就三個小時吧。老師的薪水真的禁不起扣。」數學老師嘆息著說出了讓左源震驚的話。
「三個小時就聯絡一次？那……那如果兩個星期沒聯絡呢？」
「你確定，對方那時還是你的女朋友嗎？」
「呃……你的意思是……會有分手危機？」
「不，我的意思是，戀人兩個星期不聯絡你，你可能直接被對方單方面分手了。人都沒了，哪來的分手危機？」
好問題。左源直接被問傻了。
他趕緊打開網站，搜索「兩個星期沒和戀人聯絡會怎麼樣」。
平時教職員辦公室慢到令人髮指的烏龜網速，今天卻快到不可思議，只用了一秒就檢索出了一堆相似的提問。
對應的回答更是讓左源大腦空白。
『朋友！你怎麼能到這時候才覺得不對勁！頭上都長草了啊！』
『別懷疑，這就是即將回歸單身的徵兆，祝賀你。』
『合理懷疑你現在打電話給戀人，你的號碼會在黑名單裡。』
『還看什麼是不是會分手的回答啊！趕緊搜搜挽回戀情的方法！』
看到這，左源趕緊轉換思路，搜索起挽回戀情的方法。

排在首位的是一支影片，圖文並茂地在講述方法前，先羅列了各種有分手危機的跡象：

1、戀人長時間無故不發訊息，不打電話。

2、戀人對行蹤隱瞞，不願告知。

3、戀人不再守時，忽視約定的時間。

4、戀人突然間對肢體接觸百般逃避。

5、戀人有明顯的說謊跡象，且對視時目光閃躲，逃避交談。

其中，左源已經見識到了第一條。

「有以上跡象的人，一定要注意哦，你的戀情有很大的分手危機。」片中主播搖搖手指。「所以，你接下來要做的事只有一件！盡可能地投其所好，重新展現你的魅力。」

那麼問題來了！千騰慎喜歡什麼呢？

左源將下巴抵在了一摞書本上，腦袋裡只有兩個字「做愛」。

——順從小慎對做愛的喜好，展現我的魅力……難道要我主動勾引他？

腦子裡閃過了一些刺激又羞恥的畫面，左源臉瞬間漲得通紅，不由得坐直了身體。

彷彿感應到了左源此刻的想法，手機忽然嗡嗡地震動了起來，千騰慎回了電話。

拿起手機，左源拿出百米衝刺的速度跑出教職員辦公室，躲到了教學大樓外鮮有人活動的角落。

「喂！」接通電話，左源氣喘吁吁地搶先問：「小慎，你現在在哪？」

「你說呢？」

冷淡的反問透過聽筒傳入耳內，讓他腦內翻騰不已的血液立刻平靜了下來。

左源張著嘴，一時間答不上話。

隨後，他聽到千騰慎嘆了口氣，給了他一個臺階下：「兩週前，我不就告訴你我要出差的事了嗎？」

「啊對對對，你出差去了。」左源連連應和。「你什麼時候回來啊？」

「……」電話那頭詭異地安靜了下來。

左源腦內頓時浮現出影片上羅列的分手跡象。其中第二條，就是不願告知行蹤！

受不了這份沉默，左源慌張地喊了一聲小慎，千騰慎的聲音才又響起：「這週六回來。」

今天是週二，算上到週六，恰好符合千騰慎一開始在訊息上說的，要出去二十天左右。

——沒有超時。

左源稍稍鬆了口氣，語氣試探地又問：「你週六下了飛機就回來？」

「嗯。」

「那我在家等你！」

「嗯。」

「你有什麼想吃的？」

「你自己先吃吧，不用等我。」千騰慎輕描淡寫地拒絕了左源共餐的邀請。沒等左源多掙扎幾句，千騰慎那兒隱約響起了祕書催促會議的聲音。「我這裡還有一些事，先掛了。」

「哦……好，那週、週六見！」

淡淡地應了一聲，千騰慎率先掛了電話。

儘管左源不停地安慰自己，現在是工作時間，對方肯定在忙。但腦內每回想一遍千騰慎的回答和語氣，左源心中的不安就越發濃烈。

他想不起來自己究竟有多久沒見過對他這麼冷淡的千騰慎了。

或者說，他想不起來究竟是哪一天起，千騰慎對自己的態度又變回了最初的冷淡。

——分手危機……原來就是這樣的嗎！

後知後覺地意識到這點，左源急急忙忙衝回教職員辦公室，打開只看了第一條影片的網頁，繼續往下翻閱。

他這來勢洶洶的模樣讓一旁的數學老師不由得停下筆，盯了他好半天。

但左源早已顧不得在意別人的目光了。

再渾渾噩噩下去，他就要被戀人剝奪「最重要的男朋友」這個頭銜了！

非常男子高校
Unusual High School
☆男上加男，人生好困男☆

第二話：挽回戀情的覺悟

接下來的日子，左源終於體會到了什麼叫度日如年。

他回歸到了每天都發訊息、打電話給千騰慎的狀態。

對方會回覆左源，但基本會隔好幾個小時，內容都是「嗯」、「哦」、「好」之類毫無營養的話。

面對這樣的交流，左源越發魂不守舍，老師們拋話題給他，他接不上；學生拋球給他，他拿臉接，嚇得大家都在八卦左源是不是遇到了什麼人生大事，像是欠了鉅款、得了癌症、被戀人甩了……

聽到「被戀人甩了」這五個字，左源的臉色更難看了。

不，他和千騰慎是不可能分手的！

——只要週六我好好發揮……對……

左源握緊拳頭。

他買了一箱保險套和潤滑液，就等著週六拆封！

週六一早，左源便等候在了客廳。他在腦內幻想了上百種千騰慎開門進屋時的場景，但一直到天黑，他也沒有等到對方。

打電話，提示對方已關機。

發訊息，幾十條都是未讀狀態。

他不知道千騰慎去哪出差了，又會坐哪一班機回來，千騰慎沒有告訴他——即便左源試探著在電話或訊息裡問了好幾次。

左源不敢去想，千騰慎是不是在刻意迴避。

他只能蜷在沙發上，反反覆覆地點亮手機螢幕，查看原定今天抵達機場的所有航班，確認目前沒有飛機失聯的新聞。

這期間，千騰慎始終沒有回覆他。

屋子裡靜悄悄的，一切細微的聲響都在其中被放大。

左源聽到了自己刻意放得緩慢的呼吸聲，聽到了滴答滴答流淌著的鐘錶聲，聽到了樓外不時響起的喧鬧人聲。

左源每一次都會豎起耳朵細聽，但每一次，他心中的期望都會隨著聲響遠去而落空。

不知不覺的，時針指過了晚上十一點，再過十幾分鐘就要到週日時，寂靜的家門口終於響起了門鎖的聲音。

左源猛地跳了起來，一個箭步衝到門口，和提著行李箱拉開門的千騰慎撞個正著。

腳步踉蹌地往後退了半步，千騰慎推開行李箱，熟練地圈住左源的腰，防止他這一猛撲讓兩個人都跌倒。「怎麼還沒睡？」

「我說了要等你回來啊！」感受到了久違的溫暖懷抱，左源顧不得兩人還站在門口，抬手就回抱住了千騰慎。

不抽菸，也不喜歡香水。這幾年來，千騰慎身上只有一股很淡的沐浴乳香味，和左源身上的一模一樣，即便分別了大半個月也沒有改變。

左源忍不住吸了吸鼻子，說不清此時的心情是喜歡，還是安心，安心於沒有其他陌生的味道。

對於左源這少見的親暱舉動，千騰慎原本還算放鬆的身體忽然間僵硬地挺直了。

感受到懷抱中的肌肉繃緊，左源困惑地抬起頭，然後他就被千騰慎推開了。

「我身上衣服髒，別貼那麼緊。」

「胡說，你哪髒了！」

左源不禁有些惱，想重新抱住千騰慎，證明自己一點也不嫌棄他，但千騰慎這次直接側身避開了。

「別鬧。」千騰慎關上門，邊將行李箱隨手推到玄關一角，邊換上室內拖鞋，抬腿就往浴室的方向走。

他的步伐極快，沒給撲了空的左源半點黏上來的機會。

看著對方決絕的背影，剎那間，左源的腦袋空白了。

他的腦內只有看過的影片在念著：

『戀愛危機的第三條，戀人不再守時，忽視約定的時間。第四條，戀人突然間對肢體接觸百般逃避。第五條，戀人有明顯的說謊跡象，且對視時目光閃躲，逃避交談。』

「……」

這才見面沒有半分鐘，影片裡提到的後幾條跡象就全部中了！

「不行、不行、分手什麼的絕對不行！」左源走到茶几邊，拿起千騰慎壓根沒有看一眼的保險套和潤滑液。

身為承受方，又不需要做事後的衛生工作，左源沒有戴保險套的習慣。他不喜歡被東西箍住的感覺。

這些是左源為千騰慎買的，比左源的尺寸要大一些。

好吧，是大很多。

盯著手中的兩樣東西，左源深吸了好幾口氣，像是拿出了天大的覺悟一般，用力地點了下頭，拔腿往浴室方向跑。

自從和左源同居後，千騰慎就養成了一個新的習慣：正式洗澡前，先沖幾分鐘冷水。

以前這麼做，只是想利用空氣中散開的冰冷水氣讓他下身的狀態盡快冷卻下來。

但現在，流淌不停的冷水沒有起到絲毫冷卻的作用，反而讓他努力壓制的情慾膨脹，變得更加灼熱和焦躁。

「嘖。」沒有了西褲的遮擋，在浴室明晃晃的燈光下，充血的下體早已精神無比，企圖逃脫內褲的束縛。

不過是一個擁抱而已。

脫去最後一層早已溼透的遮擋，釋放出喧囂著慾望的陰莖，千騰慎正準備用手解決一下問題，浴室門就被人氣勢洶洶地撞開了。左源又一次撞進了千騰慎的懷裡。

「小慎，我們來做吧！」朝對方展示出手中的保險套和潤滑液，左源仰頭對千騰慎說：「東西我都準備好了。」

「你先出去。」千騰慎移開蓮蓬頭，避免冷水澆到左源，同時目光順勢閃到了浴室的一角。「我還沒洗……」

「那我跟你一起洗！」

說完，左源一把揪住衣襬，抬手掀掉睡衣，而後是睡褲、內褲……統統丟到一旁。

沒了布料，身體裸露在冷水直流的空間內，冰冷的溼氣讓左源不禁打了個寒顫，但下體卻充著血，微微地抬了起來。

他下意識地低頭去看浴室裡的另一個人——好傢伙！居然已經勃起了，比他的小小源還要興奮！

「看來你的小小慎很想跟我一起洗呢。」慾望是最直接的，也是左源眼前最大的希望。

他揚起嘴角，不等千騰慎反應過來，就再度貼到對方身上。

人體尋常的溫度不過三十七度，自我擁抱，用手臂觸碰胸膛時，也只是感到溫暖罷了，但當兩個人肌膚相貼，左源卻只覺得滾燙。

如火一般滾燙。

明明澆在身上的水無比冰涼，但貼著千騰慎的肌膚卻如火燒般泛紅了起來，躁熱順著血液在體內四處奔湧，大腦彷彿被漿糊，思緒越轉越慢，而理智，就在這升溫的喘息間逐步熔斷，讓身體聽從飢渴的靈魂，去糾纏、去交融。

左源身高只比千騰慎少了幾公分，此刻的姿勢，讓彼此上身的乳頭和下身的陰莖都貼在了一起。

千騰慎胸膛隨呼吸起伏，伴隨著有力的心跳聲，摩擦起左源的胸部。乳頭不自覺地挺立了起來，兩粒「小果實」本能的蹭起對方，想要更多的愛撫。

情慾順著血液往下直湧，小小源同樣更加興奮了，無聲地呼喊著渴望。

想要被撫摸。

想要被占有。

想要和對方緊密相連。

情慾叫囂著占領意識，左源早已無法再冷靜思考任何問題。等左源有意識時，他已經牽起千騰慎的手，放到了自己的臀部。

骨節分明的手掌恰好能握住一側臀瓣，來自掌心的灼熱令左源不禁挺起了腰。

千騰慎的喉結順著吞嚥上下滾動，落在臀瓣上的手不由自主地微微收攏。

但這，不是左源希望它停留的地方。

趁著大腦充血，左源豁出去地說道：「你不在，我一個人不好意思做擴張。以前都是你做的，但我們這次太久沒做了，所以……」

左源推了推臀瓣上的手，讓它挪到兩瓣之間。

「你明白我的意思吧，小慎？」

「……」

千騰慎沒有回答，左源只聽到他在自己耳畔發出了很輕的一聲嘆息。

來不及細思這聲嘆息究竟包含了怎樣的情緒，千騰慎抬手關上了淋浴間的門，把左源壓上有蓮蓬頭沖刷的牆邊。

涼水透過蓮蓬頭打溼了兩人，落進左源毫無防備的眼中，激得他忙閉上眼睛，開口就是一句「我操」。

千騰慎捧住左源的臉，吻落了下來。

舌頭直入要地，如蛇般靈活地糾纏住目標，彷彿要將左源吞噬一般，廝磨、吮吸。

左源閉著眼睛，雙手環抱住面前的人，順著千騰慎的親吻微微側頭，接著探出自己的舌，去回應對方的熱吻。

但千騰慎的慾望顯然有過之而不及。左源越是回應，對方的攻勢就越強烈。

左源感覺自己就像是被野獸含入嘴中的獵物，無處可逃，只能被這個吻支配。

「唔、唔啊……唔！」氧氣被一點點的榨乾，來不及吞嚥的唾液在嘴角畫出一道銀絲，一直蔓延到喉頸。

左源被吻得雙腳都發軟了，要不是身體抵著牆壁，面前又有千騰慎抱著，他絕對會癱軟地坐到地上。

頭上方灑落的水溫升高了，左源不知道千騰慎什麼時候調整了水溫。瀏海被淅瀝的水打溼，扭曲地黏上眼簾。

水霧氤氳，像紗般遮蔽在勉強睜開的眼睛前，視覺受到了制約，其餘的感官隨之變得敏銳。

左源聽到了溼濡的吻聲，即便是在流水聲不斷的淋浴間內，也依然無比清晰。光是聽著，左源就覺得面頰與耳朵躁熱得不行。

另一邊，千騰慎的手終於來到了股縫之間，就著汩汩的流水，向他後庭探入中指。

「唔唔！」那裡大半個月，不，或許更久沒有被光顧了，哪怕只是進入一根手指，沒有潤滑液的輔助，左源都很難適應。

畢竟那裡本是不應該承受性愛的。

左源不適地掙扎了一下，千騰慎這才鬆開了吻。

「哈啊……」張大嘴，猛吸一口氣，讓氧氣回到胸腔，左源抹開黏著在眼瞼上的瀏海，睨了千騰慎一眼。「小慎，你是在故意使壞嗎？」

「你指我在哪使壞？吻你？」千騰慎笑了，印證了左源的話，這笑聲充滿了壞心眼的味道：「不喜歡我吻你嗎？」

「那我肯定不是說這個啊。」左源紅著臉，後穴暗示般地收緊了一下。「我是說你正在做的另一件事，你不覺得用點輔助工具會更美妙嗎？」說完，轉眸看向被千騰慎隨手丟到一旁的潤滑液和保險套。

手指都被左源夾緊了，千騰慎卻還在裝傻。「用輔助工具做什麼？你不說明白，我是不會懂的。」

「……」

淫靡的氛圍在兩人的沉默間迅速冷卻，但千騰慎的手指還插在左源的後穴，沒有絲毫離開的意思。

這情形，左源實在是再熟悉不過了。

至少從兩人交往後，就發生過無數次。

千騰慎最喜歡用來對付左源的話術，用千騰慎的話來說，左源的神經比大腿還粗，平時說話基本就沒有羞恥心；既然他沒有，那千騰慎就想要比他更沒下限，占據主動權來引導，讓他感到羞恥。

對剛打開新世界大門的左源而言，這招的確非常管用。

至少時至今日，讓他說出那種話，他仍舊會感到一絲害羞。但這都到非常時刻了，再害羞，他的男朋友可能就要沒了！

而且左源敢打包票，只要他不把千騰慎想聽到的話說出來，對方肯定會讓這僵局持續下去，直到大家勃起的慾望統統消失！

「啊啊啊我知道了！我說，我說就是了！」左源連聲投降，認命地閉上眼睛。「用潤滑液，像以前那樣，用潤滑液溫柔地幫我擴張。」

「擴張哪裡？」

「後面、屁股、菊花……你今天想聽到哪個稱呼？總之就是你現在手指正插著的地方！」

「原來是這裡。」千騰慎稍稍弓起中指，指腹按壓了下後庭、臨近前列腺的內壁。

「唔！」距離最酥麻的刺激僅分毫之差，左源感到了著急。「不要再捉弄我了，小慎！」

「嗯？你說什麼？」

「我說，快點幫我擴張，然後……」左源清清嗓子，壓低聲線，自認為還挺性感的嗓音說：「用你的肉棒，用力地操我！」

「嗯，我聽明白了……」脣角向上一揚，千騰慎抽出了中指。

指腹上的薄繭擦過柔嫩的內壁，帶來疼痛的同時，也激發出了更深層的空虛。左源低吟著收緊後穴，仍舊無法遏制住這份空虛蔓延。

身後的人撿起掉落在地上的潤滑液瓶和保險套。隨手將暫時用不到的保險套放到置物架上，千騰慎拉著左源轉身，背朝向自己。

喀答。

浴室內響起了潤滑液開蓋的聲響，緊接著，冰涼的、帶有淡淡香味的潤滑液落到了左源的尾椎，沿著腰的輪廓，順勢淌入股縫。

灼熱的掌心抹開潤滑液，讓五指都被它浸透，千騰慎再次探入中指。這一次有潤滑液輔助，手指輕輕鬆鬆地就抵達了後穴深處，攪動起來。

潤滑液染上溫度，被攪出淫靡而黏稠的水聲，光是聽著，才被填上的後穴又不知足地空虛了起來。

「再深、唔、深一點……」左源撅起屁股，主動讓往外抽的手指再次頂入深處，摩擦因空虛而收縮蠕動的內壁。「啊哈……還不夠、小慎……再深一點……」汗水和水蒸氣凝結在睫毛上，沉甸甸地讓雙眸只能撐開一條縫。左源眼光迷離地尋求著更多操弄。

可對方卻視而不見。

他仍舊用緩慢而溫柔的節奏開拓著後庭，但手指就是不去觸碰深處那個最能帶給左源愉悅的地方，所以空虛感始終無法得到撫慰。

大拇指配合著中指的每一次探入，換著角度揉推穴口，直到擴張足夠了，他才探入第二根手指。

這慢條斯理的姿態，簡直要讓左源發瘋。

他揉搓起身前的陰莖，只是得不到最想要的愛撫和刺激，它便只能顫顫巍巍的吐露著淫液，就是無法釋放。

與此同時，千騰慎另一隻手則沿著左源的腰側，慢悠悠地往上游移。

手指撩過之處都彷彿著了火般灼熱，左源知道這隻手的、終的目的地是哪，心臟不受控制地怦怦狂跳，倒數計時著心底的渴望。

——快點……

想讓身上的手快點撫摸隨喘息起伏不止的胸部，蹂躪早被對方開發過的敏感點。

左源本能地彎下腰，將挺立起來的乳頭往千騰慎的手掌心中送，游移的手指卻在乳尖擦到掌心的剎那移走了。

挺立到發硬的乳頭在空氣中跟隨呼吸輕顫，敏感得甚至能捕捉到來自千騰慎的氣息。

他竟然將下巴抵上左源的肩膀，對他的乳尖吹氣！

左源感覺射不出來的小小源快要爆炸了！

「不要再玩我了，小慎……」說不清是生氣還是著急，左源扭頭吻住了千騰慎。脣舌交纏著，左源含糊不清地說：「小慎……我好難受……」

話說到這分上，千騰慎終於不再捉弄左源。

兩指夾住渴求愛撫的乳頭，將它輕輕揉壓進乳暈中。指腹上的薄繭讓每一次的摩擦都帶來難以言喻的感受。

千騰慎往後穴加入第三根手指，小幅地抽插了起來。

「另一邊的胸部，唔嗯……也要。」

「是嗎？」千騰慎抽出了埋在左源身下的手，才被擴張開的後穴瞬間感到了一陣令人焦躁的空虛。
脣貼到左源的臉頰，千騰慎親吻過耳垂，問：「只想要我的手撫摸胸部嗎？」說完，千騰慎壞心眼地挺胯，用下身硬挺擦了下左源的大腿內側。

長年晒不到太陽，也極難被鍛鍊到的內側肌肉最受不了這種若有似無的撩撥。硬挺的熱度彷彿能將它燙傷。

左源喘著氣，再也沒了矜持。「小慎，說好的……要用肉棒、哈、用力地操我呢？」

「放心，我沒忘。」離開臀部的手從淋浴間的置物架上取下一片保險套，放到左源面前。「你買的套子，你幫我戴上。」

左源揚脣，直接張嘴，就著千騰慎的手，咬住保險套包裝的一端撕開了封口。「要用嘴幫你戴上嗎？」

千騰慎凝視著左源的脣，瞇起了眼，眼中凝結的光透露出更赤裸的慾望。「我不太想從你的嘴裡嘗到香蕉味的潤滑液。下次換成我喜歡的口味，再用嘴巴。」

語畢，千騰慎再次吻住了左源。舌吻間，他只用一隻手就迅速戴好了保險套。

察覺到對方已整裝待發，左源舔了舔他的上顎，退出了這個吻。「那今天……就只能讓我的那裡，嘗嘗香蕉味的小肉棒了……」

「嗯，讓它好好嘗嘗。」

左源被再次壓在了牆壁上，千騰慎緊貼著他的後背，將勃起多時的陰莖貼在了密穴口，不給左源任何心理準備，龜頭撬開了肉穴，直搗深處。

「唔！」被整根性器填滿的感覺說不上好受，但空虛的後穴卻得到了久違的滿足。這是手指無論如何都抵達不到的深度，並且能讓左源更真切地感受到千騰慎就在他身邊，和他緊密相連著。

唇瓣廝磨、舔舐著左源的耳鬢，千騰慎問：「適應了嗎？嗯？我要動了。」

「快、動啊啊！」話還沒說完，千騰慎就環住左源的腰，猛地往外抽出了幾分，又重重地釘了進去，進入比前一次更深的地方！

「嗯，再放鬆一點，左源。」雙臂環住左源，握住前方翹起的性器，千騰慎再次向外抽出陰莖，龜頭刮過內壁，快到穴口時，他再度猛地挺腰。

這次，龜頭摩擦著層層穴肉，終於撞到最為敏感的前列腺——

「呃嗯！」大腦瞬間空白，左源昂起了頭，生理性的淚花從眼角滲出，和溫熱的水混合在了一起，淌入敞開的脣內。

「喜歡這裡嗎？」

「喜、哈啊、喜歡。再多、再多一點！」

「好，都給你。」抵達到了能讓彼此快樂的地方，千騰慎對準它，卯足勁地抽插起來。

血液向頭頂直湧，衝撞大腦跟著頻頻空白，敏感的前列腺受不住這番操弄，很快左源就繳械投降，射了出來。

後穴隨高潮攪緊，千騰慎感受到了擠壓，加快了抽送的頻率。

啪唧！啪唧！啪唧！

肌膚相撞，連帶著潤滑液被攪出白花花的沫子，跟著被帶進帶出，吸附住在左源體內馳騁的性物，發出淫靡又清脆的水聲，在這封閉的浴室內迴響不止。

「哈、哈啊……慢、慢一點！啊、啊……」處於高潮後乏力階段的左源被他帶著，就如一艘小船，在撞擊中前後搖擺，與千騰慎的性器相撞，與濺落了精液的牆面摩擦。

「馬上、乖……馬上就給你……」滾燙的粗喘聲緊貼著左源的臉頰，幾乎要將他灼傷。

終於，伴隨著有力的一撞，千騰慎將性器頂入了他能抵達的後穴最深處，彷彿恨不得將自己的一切都擠入左源體內，緊抱著左源，釋放了出來……

耳畔淅淅瀝瀝的水聲停止了，燥熱而黏稠的空氣裡，只剩下了性愛餘留的喘息。

隨手扔掉灌滿了精液的保險套，千騰慎握住了又有抬頭跡象的小小源，輕輕地掐了下。「再來一次嗎？」

依靠著浴室牆壁，勉強撐著身體不癱坐下去，左源斜了眼千騰慎那比他精神百倍的下半身，遲疑了兩、三秒，他點下頭。「去床上。但是這次要慢點，我的腳、還有點發軟……」

左源的意思是兩個人慢慢走回臥室，哪知千騰慎聽完，直接托起左源的屁股，將他抱了起來！

「啊啊啊啊！」左源手忙腳亂地環抱住千騰慎，就像隻樹懶一般，生怕自己一鬆手就得屁股著地，摔個屁股開花。

「放心，摔不著你。」

「你悠著點啊！我最近增肌，重了不少！」

「呵。」千騰慎冷笑一聲，對左源的話表示嘲諷。

他身體力行，一路穩穩當當地走到臥室，將左源扔到了床上。

隨手拿起放在床邊的保險套給勃起的肉棒套上，千騰慎隨後壓了下去，架起左源的雙腿，對準剛捅開的後穴，一捅到底！

「唔嗯！」一上來就被戳到前列腺，左源興奮得腳趾全蜷縮了起來。「慢點、慢點……」

「你確定要慢點嗎？」

「確定確定！」左源連連大喊，生怕再這麼猛撞幾次，自己又要射出來。

另一邊，千騰慎射了一次後，現在又有大把精力可以調戲左源。

他抽出肉棒，壞心眼地放慢了探入的速度。

慢到整根進入最深處時，左源足足喘了七、八口氣！

才翹起來的性器受到這樣的廝磨，既硬不起來，又軟不下去，難受得左源眉頭緊蹙，恨不得爬起來，一屁股坐下去，給飽受折磨的自己一個痛快。「沒叫你、這麼慢！快一點！」

「又要慢，又要快，這真不好辦。」千騰慎說著話，肉棒以同樣超慢的速度緩緩往外抽。「你真的知道自己需要怎樣的速度嗎？」

「我當然知道！」

「那你好好形容給我聽。」

「就比剛才的速度，快一點！」

「這樣？」千騰慎加快了一點速度挺入；依然慢得讓人難耐，觸碰到前列腺時，左源非但沒有爽到，反而癢得不行。

左源急得眼角泛起了生理性淚花。「再、再快一點！」

千騰慎加快了一點退出的速度。

「還不夠！再快點！」

千騰慎不緊不慢地照做，他的態度就如做實驗一般的嚴謹、有耐心，一點一點地提速，試探著操弄後穴的最佳速度。

——這一點都不像是在做愛！

起先左源擔心自己射得太快丟人，但現在被千騰慎這麼惡意折騰，左源開始擔心自己會射不出來了！

垂眸看看被卡在要射不射的尷尬境地的小小源，左源吸吸鼻子，繳械投降：「好啦，我不知道要什麼速度才行……小慎、小慎你別再捉弄我了，趕緊給我，讓我射吧，快點！」

「那你可要好好感受了。」

拿回主動權，千騰慎兩手圈住左源的腰，提胯往早就被操開的後穴裡用力一頂。

「啊啊！」後穴被整個填滿，左源被撞得身體往後一沉，肉棒順勢抽出了幾分後，又被千騰慎抱著，狠狠地又頂了進去。

……

就這樣，兩人浴室一輪，床上又來了兩輪，等他們清理乾淨身體，換好備用床單，重新躺回到床上時，夜已經過去了一半。

臥室裡的燈被調到了最低的亮度，入眼的一切都被蒙上了一層柔和又溫暖的暖光，令人昏昏欲睡。

燈的開關在千騰慎右手邊，兩人一起睡時，總是千騰慎負責關燈。

最初是因為千騰慎總有很多工作，但左源不希望他整天待在書房，連覺都不睡，才定下的這個規矩。

反正只要有電腦和燈，千騰慎在哪工作都一樣。

所以左源把關燈的任務交給了千騰慎。這樣他就可以在睡著前，藉著燈光多看他一會兒，也能提醒對方早點休息。

但接過這任務後沒幾天，千騰慎就不再把工作帶回家了，而是選擇早早關燈，和左源相擁而眠。

千騰慎的說辭是，早睡早起對身體好，他也喜歡這樣的作息。

但很久之後左源才曉得，那不過是千騰慎的藉口。真正的原因很簡單，千騰慎發現左源在有燈光時，容易作惡夢。

不希望燈光影響到左源的睡眠，所以他早早地關了燈。

「在想什麼呢？」千騰慎的聲音冷不防地傳入耳內，召回了左源的意識。他這才發現自己竟盯著對方的側臉，發了好久的呆。

「在想你啊。」讓嘴角傻笑的弧度揚得更高，左源鑽進千騰慎懷裡。「快睡吧！天要亮了！」

「睡前先老實地回答我一個問題。」伸手將左源攬入臂彎裡，千騰慎湊近到他面前，讓對方必須和自己四目相對，無法閃避。「你今天怎麼突然那麼主動？」

「太久沒見到你，所以想你了嘛！還有你的小小慎！」左源嘻皮笑臉地往下摸。手指沒摸到小小慎，就被千騰慎給擋住了。

「聽上去你更想小小慎。買了那麼多保險套和潤滑液，全是給它的禮物。」

「瞎扯，我肯定是想你更多！」

「想我？所以連著十幾天不發訊息給我？」

千騰慎瞇起眼睛，眼中匯集起了危險的光。攬著左源的手臂移到尾椎處，沿著左源腰部肌肉的曲線往上滑。

「呃！」左源直起背脊，才放鬆下來的神經立刻繃緊。「小、小慎你聽我解釋，我不是有意十四天——」
「是十五天，從我走前算起，是十五天又三個小時。」手指折回到了臂瓣，千騰慎毫不留情地掐了下。「你以前不是挺會算時間的嗎？現在怎麼就算不準了？」
「哎哎！這是意外！意外！我後面不是幡然省悟，天天都來問候您嘛！」
「你省悟了什麼？」
「省悟了我作為男朋友的不貼心、不細心！您工作那麼辛苦，我應該二十四小時全天無休地給予您體貼的問候，時刻瞭解您的心情和動態！才不會讓您想甩了我！」
左源一口氣說了一大串話，末了沒控制住，把怕千騰慎甩了自己的話也給說了出來。
話音剛落，他就看到千騰慎皺起了眉頭。
「我？想甩了你？」
「啊……我這只是舉例……」意識到自己哪壺不開提哪壺，左源心虛地閃避開視線。
千騰慎捏住他的下巴，強行讓左源看向自己。「你今天那麼主動，是因為你懷疑我要跟你分手。」

千騰慎用了肯定句。

面對這不容迴避的態度，左源再找藉口閃閃躲躲，只會破壞這好不容易才恢復和諧的氣氛。

他嘆口氣，認命地坦白：「我網上查了，你的很多跡象，都像是要跟我分手。」

千騰慎挑眉。

「比如？」

左源豎起食指。

「我打電話、發訊息給你，你都沒有理我，或者很不耐煩地想要掛掉。」

「工作會議前後都排得很密集，因為時差關係，有時兩場大會中間幾乎無縫銜接，從早上一直開到晚上。你要看看我的工作日曆，再來確定我不耐煩的是你，還是開不完的會嗎？」

左源豎起兩根手指。

「第二個跡象，你說週六回來，但一整天都沒回我訊息。」

「飛機起飛後要斷網，這是常識。航程十五個小時，期間就算能上網，我還要參加線上會議。為了能趕在週六當天到家，我下了飛機後片刻都沒耽擱。」

左源掰出第三根手指。

「那登機前，我幾次三番地問你回來的航班，你為什麼都不告訴我？」

「我直到週五晚上才確定回國的時間。航班是祕書安排的，她沒發訊息給你嗎？」

比劃著數字的手停在半空，左源傻住了。

「你的祕書……是哪位？」

「……」

左源拿起放在床頭的手機，展示給千騰慎看。

「我沒你祕書的帳號。」

千騰慎瞑了一眼手機右下角、足足有一千多條未讀訊息的圖示。「手機簡訊。」

自從有了更方便的聊天軟體，左源平時根本不看手機簡訊，任由它堆積出上千條垃圾廣告。

這會兒在千騰慎的引導下，左源果然從這些廣告中找到了祕書的訊息，是用私人手機號發給他的。

訊息還不只一條。從左源詢問航班的那天起，她就一直有給左源回覆。

【您好，貿然發訊息給您，希望沒有打擾到您。很抱歉！目前還不能確定經理

回國的時間！等確定行程後，我一定會第一時間再發訊息給您！】

【您好，經理去開會了，讓我代替他回覆您，航班目前還沒有定下來。但保守估計，週五晚應該能夠確定。】

【回程決定了！經理讓我轉告您，會有司機接送他，您安心在家休息就好！】

「……」左源看呆了。

千騰慎漫不經心地玩弄著左源的瀏海，等待他把所有未讀訊息讀完後，才皮笑肉不笑地說：「連點話都傳不好，看來，是不能讓這新人祕書通過試用期了。」

「別別別啊！是我自己不看訊息，怎麼能怪人家呢！」左源忙阻止他。

同樣是剛踏入社會的新人，左源深知工作來之不易。

可他這話讓千騰慎話中的酸味更甚：「那冤枉我就沒問題了？」

「那當然是我有問題！怪我！我需要深刻反省！」真男人．左源從不迴避自身問題，他不假思索地低頭認錯。

這直接躺平、任打任罵的樣子成功地博得了千騰慎一笑——

雖然只是很輕的一聲、混在吐氣中，若不是身體貼著對方的胸膛，左源甚至可能會忽略。

「所以小慎……你沒有想跟我分手吧？」左源問。
「你說呢？」千騰慎回給左源一個看傻子的眼神。
這一眼，輕而易舉地就擊碎了左源擠壓在胸口的、名為不安的石頭。
左源如釋重負地傻笑道：「小慎，以後我會繼續天天發訊息給你的，你有空也要回覆我啊！」
「知道了。」拍拍左源的後背，千騰慎扭頭關燈。「睡吧，不早了。」
四周暗了下來，只剩下月光透過窗簾的縫隙灑入屋內，朦朦朧朧地勾出相擁而眠的兩人輪廓。
心跳聲與呼吸交疊在一起，恍如一根羽毛，輕柔又纏綿地撩撥著左源的情緒，讓他睡不著，也不想睡。
整顆心癢癢的。
他只想盯著身旁的人看。
至於千騰慎，他早就閉上了眼睛。左源不知道他此時是醒著，還是已經進入夢鄉。
思緒在黑暗中快速轉動，幫助左源回憶過去的點點滴滴，尤其是最近他自認為的、大起大落的戀情。

左源確信自己是幸福的，幸福到他覺得自己有必要做出更多，才能夠長久地維繫住這份感情，讓今天之前的恐懼永遠都不會成真。

所以，用被子緊密地包裹住兩人，左源更近地貼上千騰慎的胸口。汲取著來自千騰慎的溫暖氣息，左源舔舔下脣，說：「我不該那麼久都不聯絡你。我會好好補償你的，小慎。」

「以後，我們在一起的每一天，我都會努力給你一個驚喜。」

「就從今天開始！」

非常男子高校
UNUSUAL
HIGH
SCHOOL

非常男子高校

Unusual High School

☆男上加男，人生好困男☆

第三話：秀色可餐的人

睡意朦朧間，千騰慎隱隱約約地聽到左源說要用驚喜補償自己。

老實說，左源能在兩週裡主動發現兩人間許久沒有交流，並且做出行動，已經超出了千騰慎的預期。

至少，以千騰慎對左源的瞭解，左源要是「沒心沒肺」起來，給他一個月，他都不一定能發現什麼問題。

而一個月，就是千騰慎能夠忍耐的極限。

是的，他是故意不主動聯絡左源，也是故意讓祕書用簡訊聯絡左源的。

千騰慎早就知道左源不會查看手機簡訊。左源只要認真地往下翻一翻，就能從垃圾訊息裡找到一條來自千騰慎的未讀簡訊。

不僅如此，這也不是千騰慎第一次試探左源。

他試過頻繁加班、不準時回家，甚至不告訴左源去哪出差；試過回家倒頭就睡，不主動撲倒左源；試過不處理掉他人趁機留在他衣領的脣印，還把衣服放在了洗衣簍最醒目的位置，只要眼睛不瞎，就能看到……

千騰慎試過了自己能想到的所有方法。

過去的二十幾年裡，就算面臨最難的考驗、超難拿下的合約，他都沒那麼處心積慮地做過方案。

但是他做的這些——左源全都沒放在心上。

是的，他男朋友的神經粗到能做定海神針了。

千騰慎不準時回家，左源就沉迷打遊戲，甚至打到凌晨。

千騰慎加班回來了，總是要催左源好幾次，對方才會依依不捨地放下手機，鑽進被窩裡，眼神裡還寫滿了遺憾，彷彿是在控訴千騰慎回家太早，害他不能玩個盡興。

千騰慎不撲倒左源，對方簡直樂在其中，甚至連吃了好幾天的重辣外賣，食量都比平時翻了一倍，笑容更是燦爛無比，周身洋溢著一種過節般的愉悅氣氛。

千騰慎想了好半天，才找到一個準確的形容——左源是發自肺腑地為不用跟他做愛而感到高興……

氣得千騰慎直接扒了左源的褲子，挺腰就是幹。

至於那件被千騰慎放在洗衣簍上的有脣印的襯衫……第二天，被左源蓋上了新的髒衣服，事後他一面賴床，一面踹千騰慎的小腿，催促他去洗衣服。

千騰慎：「……」

這究竟是何等的沒心沒肺之人，才能做到這個地步！

千騰慎一直都很擔心左源哪天會跟他說：不好意思呀，小慎，我發現自己果然還是喜歡女的！我們分手吧，哈哈哈哈哈！

那語氣必定爽朗無比，那笑聲必定沒心沒肺。

每次想到這裡，千騰慎就氣得牙癢癢，想要通過狠狠地蹂躪一番這個小混蛋，來讓內心恢復平靜。

於是，在一番思來想去後，千騰慎特地把手上的工作全部堆在一起，決定賭一把大的——他要忍耐一個月不搭理左源，挫挫他的粗神經。

在決定實施前，千騰慎腦內還有幾分理智在大喊：這個機會有五成概率會失敗！萬一左源愛上了沒有你的生活，那就玩完了！

天知道千騰慎最後下了多大的決心，又在家裡安置了多少小設備，才能一臉平靜地拖著行李箱與左源告別。

值得高興的是，這次左源竟然發現了不妥，主動打來了電話。

聽著電話那頭的聲音、感受到左源的不安，千騰慎一度想要立刻回家抱緊左源，結束這無聊的試探。

可是手邊堆積如山的工作文件、排得滿滿當當的會議行程不允許他這麼做。

於是，他乾脆繼續保持冷淡，吊著左源，免得對方早早地安心下來，等他回去時，又要熱臉貼冷屁股。

期間他也擔心過左源慌著慌著，忽然就學鹹魚躺平，不慌了——畢竟左源的腦迴路又粗又神奇，千騰慎讀再多書也搞不懂。

好在，結果沒讓千騰慎失望。

千騰慎猜想，接下來的一段日子，左源應該會把心思放在自己身上，暫時不會用「好累啊」、「不想做」、「我要打遊戲」等等理由，拒絕他的親熱。

一覺醒來，心裡還很美滋滋的千騰慎伸出手，想抱住身邊的人，解決一下晨勃的問題……

手，摸了個空。

「嗯？」千騰慎掀開被子坐了起來。

身邊空蕩蕩的，連餘溫都沒有。

對方早就起來了。

——難道我睡了很久嗎？

不敢相信昨天還說著「害怕分手」的戀人居然對床絲毫不留念！千騰慎扭頭去看床頭櫃上的鬧鐘。

06：21 AM

左源是不可能在這時間起床的。

更不要說兩人昨天還做到了深夜！

越想越覺得不對勁，千騰慎套上睡褲，穿上睡袍就往外走。

這個時間點，屋外陽光明媚，但屋內卻仍靠著幾盞燈來照明。家裡的窗簾全都被拉上了，連條縫都沒留。

中央空調似乎被上調了幾度，千騰穿著睡袍已覺得有點熱，根本不想再加件衣服。

他不記得左源有這些居家習慣。

流水聲從廚房傳來，連帶著鍋碗被移動的碰撞響，困惑著「左源到底在搞什麼鬼」，千騰慎快步走到廚房。

廚房的百葉窗也合上了，推開半掩著的門，千騰慎看到了穿著粉色蕾絲圍裙的左源正在水池邊清洗草莓，這算是兩人都愛吃的水果。

不對！

重點不是草莓！

而是左源身上除了蕾絲圍裙外，什麼都沒穿！

那蕾絲圍裙似乎是男女通用的，完全沒考慮身高、體格，小小一塊布只能勉強擋住從胸口到大腿根部的部分，這長度還是靠邊緣半透明的鏤花蕾絲邊硬撐出來的。

昨晚被千騰慎吮吸得發紅的乳頭，和微微翹起的下體，都在這蕾絲花邊後若隱若現，勾引著男人的視線。

至於其他全裸在外面的肌膚——廚房的燈光比走廊裡的要明亮許多，光落在左源精於鍛鍊而異常結實、精瘦的身軀，尤其是那挺翹的臀部上，呈現出健康又淫靡的色澤。

垂在身側的手不禁掐了下掌心的肉……

嘶……他不是在作夢。

另一邊，餘光瞥見站在門口、目瞪口呆的千騰慎，左源放下草莓，三步併作兩步地走到他面前。「小慎你怎麼那麼早就醒了？睡得不好嗎？」

「……你在做什麼？」

「洗草莓啊！」

「不，我是說你這身……」

「哦～」左源瞇眼，笑得意味深長起來。

他拍拍身上的圍裙，說：「網上都說，戀人之間多做點有情趣的事，能讓熱戀持續更久。所以我決定了！以後每次和你相處，我都要給你一個驚喜！今天是網上推薦指數五星的全裸穿圍裙！」

左源又回頭指指料理臺上的草莓。「網上還說，穿圍裙做飯，情趣ＭＡＸ！但我的水準你也知道……不過幫你做一杯最平平無奇的草莓奶昔還是沒問題的！哈哈哈哈，怎麼樣，是不是感覺超驚喜的？」

「……」

這驚喜可真是太大了。

看到總是運籌帷幄、冷靜無比的千騰慎愣在原地，好半天都沒回過神來，左源就一陣暗爽。

他可算明白「驚喜」的意義了。

——的確是很有情趣呢！

左源甚是滿意。他伸手到腿邊，想掏出手機，拍一張千騰慎傻眼的照片留作紀念，可惜他忘了，自己除了圍裙什麼都沒穿，自然也沒有地方放手機。

想起手機被放在料理臺上，左源扭頭就要去拿，但一雙手臂從後面有力地圈住了他，下一秒，他被拽進了千騰慎的懷裡。

把臉埋進左源的頸窩，千騰慎問：「什麼時候買的圍裙？」

「買保險套和潤滑液送的！哈哈哈，品質還不錯吧？」左源指指圍裙下襬，一個極不顯眼的「非賣品」標籤。「我買的東西多，店家送了我不少東西呢！」

「店家還送了你什麼？」千騰慎敏銳地捕捉到了一個關鍵詞。

「這……」左源答不上來。

有些東西實在是太難以啟齒了。左源一大早爬起來，從快遞箱裡挑挑揀揀了半天，也就這條圍裙能拿來裸穿一下。

對左源瞭若指掌，一碰到他含糊其辭、眼神閃躲的時候，千騰慎就能將他的心思猜到個七七八八。

他更加不想放過左源了。

「說給我聽聽，非賣品裡還有什麼？」環抱住左源的兩隻手穿進圍裙裡，揪住了兩邊的乳珠，揉搓著讓它們挺立起來。

灼熱的硬挺隔著一層薄薄的布料抵在了臀縫之間。

昨晚被操弄的記憶還清晰地留在後穴中，不過是受到一點刺激，就不受大腦控制地做出了邀請的姿態。

左源往後摸索，拉扯起阻擋在兩人之間的睡褲。眼瞧著就能釋放出千騰慎的陽器，讓它進到該去的地方……千騰慎握住了左源的手。

「先回答我的問題。」千騰慎小幅地摩擦起他裸露在外的穴口。「除了這身圍裙，你還收到了什麼東西？嗯？」

「就是一些玩、唔、玩具，假陽具、跳蛋，還有……還有些我不認識，我都丟到儲物室了。」

「那我來陪你看看吧。等我們解決掉眼前的問題後。」

大腦無法思考，左源連連稱是。

他以為千騰慎接下來總該做點正事了，畢竟讓陰莖一直充血硬挺著，誰都不會好受。可事實證明，千騰慎的忍耐力永遠超出左源的想像。

他沒有進入左源，而是抱起他，放到了足有一百五十公分長的料理臺上。瓶瓶罐罐都被擠到邊緣、滾到了地上。

臀部冷不防地貼在大理石上，透心涼的溫度直往頭頂鑽，坐在料理臺上的左源夾緊屁股，「嘶」了口涼氣。

一手扶住左源的腰，不讓他從料理臺上下來，千騰慎端起盛滿草莓的碗。「我餓了，你餵我吧。」

千騰慎有求，左源自然必應，即便他很懷疑，對方的「餵」背後有千萬個套路在等著他。

左源小心翼翼地拿起一顆草莓餵了過去，果不其然，千騰慎側頭避開了。

含笑的視線落到左源的脣上。「換個方式餵。」

——好吧，論玩法，還是小慎知道的多。

換用雙脣叼住草莓，左源湊近到千騰慎跟前，舌尖推著草莓，送去他嘴中。

「怎麼樣，好吃吧！」左源期待地問。

他買的草莓是恰好能一口吃進嘴裡的大小。他事先嘗過，草莓很新鮮，水分充足，甜度恰到好處，無論是單吃，還是拿來做甜品都很不錯，所以左源才決定拿它和千騰慎每天早上都會喝的牛奶混合。

畢竟，如果端出來的是沒有被加工過的草莓和牛奶，就連左源也會覺得這沒有誠意，更不要說讓千騰慎感到驚喜了。

千騰慎慢條斯理地咀嚼著，說：「一般般。不太甜。」

「怎麼可能？不會是你中獎，吃了個不甜的吧？」左源忙拿起一顆塞進了嘴裡。「唔唔……很甜啊，你再吃個看看？」

左源擺弄起碗裡的草莓，想要挑個絕對是甜的給千騰慎，他完全沒注意到千騰慎的手越到了他的後頸處，扯開了繫在頸部的圍裙掛繩。

擋在胸前的布料落了下來，掛在腰部，寬大的手掌從後頸游移到左源肩膀，輕輕一推，就將毫無防備的左源按倒在了料理臺上。

「喂，小慎你——唔！」身上的人壓了下來，含住了左邊的乳頭。整顆乳珠都被包裹進溫暖、溼潤的口腔內，被舌尖推擠到牙間，由它輕咬，彷彿這也是能讓千騰慎一口吞掉的草莓。

另一隻手這會兒也沒閒著。它撫摸上了右胸，手指從乳暈處摳弄，往上拉扯揉搓著乳珠，像是要它快快「成熟」，等待品嘗。

「哎、痛……痛！輕點，小慎！」左源推了推著壓在胸部的腦袋。

輕笑聲帶著鼻息灑落在胸口，似火苗舔過般灼熱萬分。

感受到身下越發粗重的喘氣聲，千騰慎愉悅地鬆開了牙，舌尖從乳暈根部向上一舔，脣離開乳珠，在舌尖和乳頭之間拉出一條銀絲，在燈光照耀下異常醒目。

「果然，還是這個比較甜。」千騰慎說：「我來教你做我喜歡的甜點吧。」

雙眸彎彎，如紫水晶般的眼中閃爍著貪婪的光。左源看到了倒映在這雙眸中的自己，就像是被獻祭給他的、即將被吞噬的美食。

左源情不自禁地嚥了口唾沫，心底的渴望蠢蠢欲動。「那當然好啊……」

「我開始了。」千騰慎拿起被推翻到角落的噴罐式奶油，用力的上下搖晃兩下，對準那個被他蹂躪得有些紅腫的乳珠，壓下壓頭。

被打發好的固態奶油從裱花口噴射而出，跟隨千騰慎的手勢，繞著左側乳暈畫出一圈又一圈，轉眼就形成一座「小雪山」，埋住了整顆乳珠。

微微抬起頭，欣賞著這座「小雪山」，千騰慎滿意地彎起嘴角，在右側依樣畫葫蘆地又噴出一座，無論是大小、還是「山頂」立起的角度，全都相差無幾。

躺在料理臺上的左源，垂眸就能瞥見胸口高聳起來的兩座雪山，伴著古怪的涼意，左源只覺臉頰和耳廓都在發燙。「小、小慎，好了嗎？」

「噓，還沒放上草莓。你先別說話。」

彷彿是專注料理的廚藝大師，千騰慎做了個禁聲的手勢。

他頭也不抬地審視了一會兒「小雪山」，然後從碗裡挑出一顆形狀飽滿、色澤紅潤的草莓，捏著草莓的頂端，慢慢地放在了左側「小雪山」上。

奶油尖被草莓壓了下去，形成一個凹槽，穩穩地托住了它。

左胸上增加的一點分量，壓得左源的呼吸不由得跟著顫抖了起來。

千騰慎托住隨呼吸上下起伏的胸部。「小心點，別讓草莓掉下來。」

「小慎，我們還是喝草莓奶昔吧……」放輕呼吸，左源輕聲細語，宛如撒嬌一般。

千騰慎脣角的笑意更濃了。

對於不常笑的人來說，這時候笑了，八成沒有好事。

左源腦內警鈴大作，但這時再掙扎早就晚了。

千騰慎先一步握住左源的雙手，僅憑單手之力就將左源的雙腕壓在了頭上方——天知道一個整天開會、工作的男人是怎麼鍛鍊臂力的！

甚至比身為體育老師，經常鍛鍊的左源還要力氣大！

千騰慎壓在了左源的上方，只隔著乳尖上方奶油和草莓的距離。「來，閉上嘴。」

「小慎，你要做……唔！」話沒來得及說完，千騰慎在左源右側的胸口落下了第二顆草莓。

不同於上一顆輕拿輕放，力求穩準的手勢，這次千騰慎用上了點力，草莓直接擠開墊在下面的奶油，壓在了乳尖上，找了角度左右來回碾壓。

「停、停、啊啊、停下來！」呻吟從來不及闔上的雙唇間溢出，不同於往日的觸感，有種神奇的力量，帶著血液往下身直沖，原本只是稍稍抬頭的性器這下全翹了起來。

不妙。

非常不妙！

再這樣下去，他就要射了！

左源著急地叫千騰慎快停下來，但對方顯然不會那麼做。

他將本該安置於右乳上的那顆草莓塞進了左源嘴裡，堵住他的阻撓聲，然後傾身，一口咬住了左乳上的草莓，還有被壓在草莓下的乳珠。

舌尖推著草莓凹凸不平的表面摩擦乳珠，牙齒就像一扇門，只留下一條縫隙，卻遠遠不夠充血下的乳頭逃逸。

另一隻手摳弄起右邊的胸部，那邊的「小雪山」早被草莓攪爛，爛糟糟地坍塌在胸口。

裸露出一點小尖尖的乳珠在純白奶油的映襯下泛著誘人的光澤，指腹拉扯住乳頭，用力地揉搓擠壓，彷彿它是塊可以隨意變形的橡皮泥。

身下，千騰慎將自己的性器和左源的緊貼，腰部前後抽動，上下來回地摩擦起腫脹的硬挺。

「唔、唔唔……停唔、唔……」嘴裡塞著一顆草莓，在躺著的狀態下，左源吐不出來又嚥不下去。

呻吟在艱難的咀嚼中變得細碎，唾液被草莓染上淫靡的粉色，隨唇角溢出，往裸露的頸部淌去，一直淌到怦怦狂跳的心臟。

雙乳被蹂躪的疼痛和更多難以言語的感覺轉變為興奮點，猛烈衝向勃起的下身。「啊啊、要、要、啊啊啊……」

千騰慎吐出左乳。「一起，乖，跟我一起。」他抬頭吻住左源，滾燙的舌攪進了雙唇內，穿過被咬爛的果肉，找到另一條舌，和它交纏在一起。

「嗯、嗯嗯啊……」左源聽到自己發出的呻吟，甜膩得像是加了無數糖粉的果醬。

防止著涼而特意提高的室溫在擁抱後就顯得太炎熱了。

肌膚染上了色慾的粉色，左源努力張大嘴，企圖從吻中換取一點喘息的空間，可氧氣就是無法傳送到大腦，讓它維持清醒。

意識越來越模糊。

靈魂深處，呼喊著想要釋放的叫聲越來越清晰，清晰到左源聽到自己說了出來：「射、要射了了、啊、啊啊啊——」

左源只覺大腦短暫地空白了一秒，白濁就從性器噴湧而出，飛濺到了千騰慎和他兩人的腹部。

千騰慎緊接其後也射了出來，將兩個人染得更淫。

嚥下從左源口中捲走的草莓，千騰慎低頭舔舔他被蹂躪得有些紅腫的左乳尖。

「怎麼樣？甜嗎？」千騰慎問還粗喘著氣、沉溺於高潮後餘溫中的左源。

「哈、哈啊……你、你說呢？」雖然射得很爽，圍裙 PLAY 也很有意思，但身為男人，光是被玩弄胸部、下體勃起後沒有半分鐘就射出來——無論是誰都會覺得丟臉！

左源喘著氣，朝千騰慎翻了個白眼。「我只是有點、點驚訝，才會秒射的！」遺憾的是，這一眼沒有起到任何威懾作用，除了讓千騰慎覺得下身又有點興奮之外。

「那你得用實際行動來證明。」

「什、什麼？」

「這次你努力堅持久點。」

說完，千騰慎抬起左源高潮後發軟無力的雙腿，讓它們圈住自己的腰，憑藉臂力抱起了左源——

一如幾小時前。

「以後得記得在廚房放些潤滑液和保險套。每次都要回臥室來第二輪，真的不太方便。」千騰慎格外惋惜地說。

連著被托屁股抱起來兩次，左源沒了第一次時的不安。

他放鬆身體，將腦袋擱在千騰慎的肩頭，小聲嘟噥：「我一開始只想餵飽你上面的嘴罷了。」

「那現在換個思路吧。」千騰慎抱著左源走回到臥室，放回到幾個小時前兩個人才翻雲覆雨過的床上。「再來一次？」

「算上幾小時前的兩次，這是第四次了！小慎，你老實回答我，從你出差那天起，到昨天回來，中間給自己解決過幾次？」

「你知道的，我不喜歡用手。」

換而言之，將近三個星期，這人就沒有釋放過！

高中時，千騰慎在左源心中的就是個超凡脫俗，只要喝清晨露水就能飽的神仙，根本沒有什麼生理需求。

交往後，左源才知道，他那哪是無慾無求的神仙，他根本就是精蟲上腦的色魔！

如果不工作，如果左源不抵抗，他能一連做好幾次，體力多到彷彿用之不竭……

的確，能受得了那麼高強度的學業和工作，年紀輕輕就到了左源可能窮極一生都無法達到的高度，他的體力、精力哪能是一般人能比的？

這樣的人，二十天沒有釋放過，他的身體裡究竟能積累多少慾望？

左源噘了口唾沫。

「那你溫柔點……」他扭開頭，朝著千騰慎敞開雙腿。「我們留點力氣，中午吃點真正能填飽肚子的東西，好嗎？」

沒辦法，誰讓他捨不得看到千騰慎難受呢。

而且……

沐浴在千騰慎那濃烈無比、彷彿永遠都無法停止的慾望中，左源看向又抬起頭的小小源……

——只能委屈屁股再多任勞任怨一點了！

左源做好可能要在床上躺一天的準備。

但千騰慎最後還是在午餐前結束了這項運動——

即便他的性器還有要抬頭的跡象。

躺在滿身吻痕，大汗淋漓的左源身邊，千騰慎親吻著他的髮鬢，冷不防地提起了今早由圍裙引出的話題：「你說以後我們每次在一起，都會給我一個驚喜，這是認真的嗎？」

「當然啦，大丈夫一言既出，駟馬難追！」左源扭頭，回給千騰慎一個堅定的目光。「光說沒用，我會用實際行動證明我對你的真心！」

千騰慎神色平靜地頷首，只應了一個短短的「嗯」字。

在這之前，左源幻想過千騰慎聽到這番話後會感動、會開心、會露出各式各樣的表情，但唯獨沒有像現在這樣平靜如常的反應。

說不失落，是不可能的。

左源撇撇嘴，發覺話題結束得太快，屋內氣氛變得有些尷尬。

他剛想換個話題，改變一下氛圍，就聽到千騰慎說：「那我也為你準備一份驚喜吧。以後每次相處時。」

「欸？」

紫眸鎖定住一臉困惑的左源，千騰慎用上左源最沒有抵抗力的磁性嗓音，又加碼了一個條件：「我們來比比，誰的驚喜更讓人措手不及，一年後，又是誰給予的驚喜最多。輸的人要答應贏的人任意一個要求，怎麼樣？」

一個人的驚喜計畫，變成了兩個人的驚喜對決，這個展開，是左源萬萬沒有想到的。

左源聽完千騰慎的提議後，立馬燃起了鬥志——他絕對要拿出超強的驚喜方案，讓總是掌控著主動權的千騰慎認輸！

有了這一層目標，接下來的時間，左源但凡有空餘時間，就抱著手機，不是搜尋和戀愛相關的話題，尋求什麼能夠讓千騰慎心服口服的法子，就是發訊息給千騰慎，企圖套出他的驚喜計畫。

他這宛如新生的模樣，和上週那要死不活，有如行屍走肉的樣子形成鮮明對比。

就連班上的學生看到左源都忍不住八卦地問一句「左老師不會是談戀愛了吧」，更不要說天天和左源待在一個教職員辦公室的同事們。

「左老師整天神神祕祕地拿著手機，根據我多年的戀愛經驗，他肯定是在等戀人的訊息。」英語老師斬釘截鐵地說。

「附議。」

「附議。」

「附議。」

……

坐在電腦前，聽著大家在小聲談論自己，左源假裝忙著寫教案，實際是對著電腦上的聊天框偷笑。

網路的另一頭連接著週一天沒亮就趕飛機離開的千騰慎。

【原諒色：小慎，想好要給我什麼驚喜了嗎？】

【慎：想好了，但你這個週休都有空嗎？】

【原諒色：有空有空，我每天都閒得摳腳呢～】

【原諒色：快告訴我，你想要給我什麼驚喜？】

【慎：週五你就會知道了。】

【原諒色：你週五什麼時候回來？不會又到深夜吧？】

【慎：你下班前，我會到家。】

【原諒色：真的嗎？那我們一起吃晚餐！】

這次，左源得到了準確的回程時間。想到週五一下班就能見到千騰慎，還能一起吃晚餐，他就忍不住哼起歌。

——所以，到時候小慎會準備什麼驚喜給我呢？

左源浮想聯翩。
一套最近剛上市的遊戲機？
或者做一桌豐盛的晚餐？
再或者……
左源想到被弄髒後就丟進垃圾桶處理掉的圍裙。
——好想看小慎穿一次圍裙呀！
為記憶中全裸的千騰慎加上薄薄一層圍裙，左源頓覺身下有東西蠢蠢欲動了起來，嚇得他猛站起身。
椅子腿擦過地面，發出刺耳的摩擦聲，驚擾了正聊著天的英語老師。
「怎麼了，左老師？」
「沒、沒什麼！就尿急，我先出去一趟！」左源邊說邊走出教職員辦公室，他需要沖些冷水，讓不停轉動的大腦冷卻下來。
——小慎是不可能全裸穿圍裙的啦，這個是我已經用過的招。他不會準備這樣的驚喜的。
他邊走邊給自己「潑冷水」地想。
但心底有另一個聲音反駁：

——如果是我讓小慎穿呢？

——那也不可能吧，小慎肯定會拒絕的。那和他的氣質一點不合！他可是很嚴肅的！

——如果他沒有拒絕的餘地呢？

疾走的腳步在廁所門口忽然停了下來。

——如果把小慎綁起來，他就不能拒絕了吧？

一個瘋狂的想法浮出水面。

「驚喜……」

低聲喃喃著這兩個字，左源豁然開朗。

他知道這週五要給千騰慎什麼驚喜了。

非常男子高校
UNUSUAL
HIGH
SCHOOL

男子高校非常

Unusual High School

☆男上加男，人生好困男☆

第四話：較勁的驚喜

沒到特殊節日，例如校慶、運動會，體育老師就是一個極其清閒的工作。這份清閒，平時用來摸魚很是快樂，但到想要回家的時候，就是度日如年了。

左源感覺自己坐在教職員辦公室裡抖了一萬年的腳，水都要喝飽了，才等來了下課鈴聲。

提起裝有「驚喜」的雙肩背包，左源憑藉優秀的運動細胞，混入放學第一梯隊裡，率先衝出學校，搶下了等待攬客的計程車。

全程一氣呵成，快到其他還身處教職員辦公室的老師忍不住在群裡調侃左源如此回家心切，是不是金屋藏嬌……

一看就知道是在套左源的話。

把地址報給司機，左源先模稜兩可地回了句「辦公室哪有家裡躺著舒服啊」，然後他翻出千騰慎的聊天框。

【原諒色：我在回家路上了！大概二十分鐘就能到，你呢？】

左源期待地盯著手機螢幕，沒一會兒，千騰慎就來了回應。

【慎：我已經到家了。】

【原諒色：我準備了食材放在冰箱，你看看有沒有想吃的？】

【慎：今天不做飯，我們出去吃。】

【原諒色：好啊！你想吃什麼？】

左源喜歡千騰慎做的菜，但外面不乾不淨的菜肴他也一樣喜歡，尤其是重口味的火鍋。

——但最近還是吃得清淡一點吧……

想到晚些可能會做的事，左源紅著臉，輕咳了一聲。

接下來的一路，左源把家附近的餐館都回憶了一遍。他覺得兩人最後十有八九會去西餐廳吃晚餐。

走到住宅樓下時，左源看到了千騰慎的司機。

他的車停在樓下的露天停車位上，瞧見左源後，司機朝他揮揮手，隔著窗說：「您可算回來啦！老闆等您很久了。」

左源撓撓頭，一頭霧水。「他不是剛到家嗎？」

「老闆推了下午的會，都回來等了您有一個多小時啦！」

——原來小慎已經到了一個多小時啦……不對！

——小慎早就到家了，司機怎麼還沒走？

沐浴在司機熱情愉快的目光下，左源抱著困惑推開家門。隨即，他看到了放在門口的兩個行李箱。

一個是千騰慎的，一個是左源的。

腦內的問號被放大了一倍，像塊巨石，砸在了他的頭上。

「小慎……你怎麼把行李箱拿出來了？」左源繞開行李箱，看向站在玄關後的千騰慎。

他換了身休閒西裝，抱著胸，倚在牆邊，似乎等了左源很久，滿臉寫著無聊。「我預訂了溫泉旅館。」

「欸？」

「一共住兩夜，週日回。你我換洗的衣服和日用品都已經準備好了。」

「啊？」

「當然溫泉旅館也會提供各種服務，你有額外需求，都可以在館內解決。」

「呃……等等？」

「走吧，司機已經等很久了。現在就出發的話，半個小時就能到了，剛好可以吃晚餐。」

「等等等等！」頭緒亂成了一團，左源揮舞著雙手，喊住推著兩個行李，就要出門的千騰慎。

「好端端的，怎麼突然要去溫泉旅館啊？我們去旅館吃飯嗎？還要帶行李住幾天嗎？難道……啊！我知道了！」左源捕捉到了亂麻中的要點，雙眸瞬間亮了起來。「這是你給我的驚喜，對不對？」

千騰慎點頭。「近郊有間適宜賞楓的溫泉旅館，很值得一看。你就算沒有那閒情雅致，也可以躺在旅館玩手機。」

「不愧是你呀，小慎！第一個驚喜就準備得那麼細緻～」左源連聲讚嘆。

他能想到的，無非就是什麼浴室偷襲、圍裙 PLAY 這種能迅速收穫結果的簡單粗暴方案。

沒想到千騰慎一上來就能順應季節需求，安排既能讓人驚喜，又充實的旅行計畫。

——但我要給小慎的東西也很特別！不一定會輸給溫泉旅行！

左源準備要給千騰慎的驚喜，是一些能讓自己和千騰慎都得到快樂的道具。

如果場景變成了溫泉旅館……一些原本僅存在於左源腦內的、綺麗的畫面，瞬間變得更有情趣了。

嘴角咧成了月牙形，左源用肩膀撞了下千騰慎。「你這驚喜不錯哦，我很喜歡！走走走，我們去找司機吧。」

說完，左源接過自己的行李箱，急不可耐地往屋外快走。

這猴急的模樣實在是太引人懷疑了。

紫眸中閃過一絲審視的神情，千騰慎看著走到前面的左源，目光落在了他的雙肩背包上。「行李箱裡什麼都有，你工作用的背包就別帶了。」

左源心虛地顫抖了一下，爆發出一串意義不明的傻笑。「哈哈哈……包裡還是有我需要的東西啦！都帶著吧～」

「哼嗯……」

看來真有一些很特別的東西藏在裡面呢。

「總、總之我們快走吧！司機大哥等很久了！」

「好。」

嘴角微微上揚，勾起了些許弧度，千騰慎推著行李箱跟上往外直衝的左源。

溫泉旅館在偏市郊的地方，旅程約一個小時，但碰上下班高峰，行程時間一下子就翻了個倍。

抵達旅館時，左源已經餓得前胸貼後背了。

好在千騰慎早有準備，把行李交給旅館服務生，兩人被領到了一間事先預約好的日式包廂。

落座後，服務生就依序端上了今晚的菜品。

「啊、這是那個……嘶、那個……」左源指著堆滿桌子的盤子，連續說了一串語氣詞。

千騰慎等了他幾秒，確定對方的金魚腦子不可能說出正確的名字後，才淡淡地說道：「懷石料理。」

「啊對對對！就是這個。」

左源對這精緻的懷石料理沒有半點研究，老實說每次在影片裡看到時，他都懷疑這一餐究竟能不能讓人飽腹。

但真的依照千騰慎指出的次序吃完後，饒是泡麵能吃上三包的左源也忍不住躺在了榻榻米上，打起了飽嗝。

果然不能小看這麼多碟子累計起來的總量。

「小慎，我們什麼時候去辦理入住呀？」

千騰慎小酌了一口溫熱的清酒。「想去泡溫泉了嗎？」

「嘿嘿……」左源奪過千騰慎手裡的酒杯。

杯子裡只殘留了一口酒，少到左源仰頭喝完都沒嘗出個味來。舔舔嘴唇，他意猶未盡地湊到千騰慎面前。

他聞到了縈繞在兩人唇間的酒氣，帶著淡淡的果香，不足以醉人，卻讓他的心情格外好，好到整個人都有點輕飄飄的。

「來溫泉旅館，重點肯定是泡溫泉啊……」左源咧起嘴，壞笑起來。「小慎，你老實告訴我，為了做色色的事情，你是不是包下了整間溫泉旅館？」

「你喜歡這樣的驚喜？」千騰慎不答反問。

「哈哈哈……與其說是喜歡，不如說……熱門的霸道總裁類的故事，總會有這樣的橋段！我聽到女生們在操場聊起過很多次。」左源豎起手指，毫不忌諱地說出了他上課偷聽女生們聊天的話。「什麼包下整間旅館啦、遊樂園啦……哦！還有整個島什麼的……她們說這樣的橋段是羅曼史必備！不過體育課真的太短了，每次都不能聽她們聊完……」

「你想親眼見識一次？」千騰慎語氣認真地問。彷彿只要左源點下頭，他真的會抽出卡，包下整間旅館。

左源愣了一秒，連忙搖頭。「哎哎哎，我就是心血來潮地調戲你兩句，沒真想你那麼做啊！你別當真！」

「放心，我不會那麼浪費錢。」

「嗯嗯嗯！」

「但既然要給你驚喜，一定程度的浪費，也是必須的。」攬住要坐回去的左源圈到懷中，千騰慎在他的耳畔落下一吻。「老闆說，做色色的事只要包下四分之一間就可以。」

「……欸？」

「旅館的南角，有風景最佳的房間和獨立溫泉池。在那裡，我們無論做什麼，都不會被人打擾。所以，我包下來了。」千騰慎捏住了左源的臉頰，將他的唇掐成小雞嘴。「我們來做點飯後運動吧。」

「……」

千騰慎這操作雖然沒有女生們看過的故事那麼勁爆，但也足夠讓左源目瞪口呆了。

十根手指抽搐般地彈動著，他不敢去想這次旅行的費用一共有多少。

這驚喜實在是太昂貴了！

但是——

沒有男人能拒絕溫泉PLAY！至少左源不能！

左源當機立斷地站起來。「走吧，小慎！我們快去看看房間適不適合做運動！」

「嗯，走吧。」

拿上外套，千騰慎跟在左源身後走出包廂。

身著和服的服務生等在距離包廂五、六公尺的走廊拐角處，她微低著頭，帶兩人前往千騰慎包下來的「四分之一區域」——位於旅館南邊的套房。

貼在走廊上的房間布局圖顯示，這塊區域有一間帶溫泉池的大套房，共有一個書房，一個會客廳，一間臥室，一間獨立衛浴，和一個面積遠比屋子更大的庭院。

溫泉就在庭院一角。

「這裡，月照很美。」手指落到布局圖上的臥室，千騰慎說：「據說晚上只要開著庭院的門，不僅能欣賞到最佳的楓葉夜景，還能讓月光灑進來。」千騰慎頓了頓，嗓音沉了幾分：「做愛時不用開燈也能欣賞到戀人的身體。」

「咳咳咳！」露骨的話題點燃了面頰的溫度，左源慌慌張張地打量起四周。領路的服務生早就自覺離開了，四周空蕩蕩的，除了他們就沒有其他人影。

這讓左源稍稍地鬆了口氣，思緒立刻回到了剛剛被他打斷的話題上。

「那……」嚥了口唾沫，左源紅著臉說：「月下溫泉肯定也很不錯。」

「這得親眼看了才知道。」

說罷，千騰慎掏出房卡，打開了面前的套房門。

兩人的行李早早被安置在了玄關處，左源抱起雙肩背包，走入屋子。

最先映入眼簾的是配色淡雅，整體設計有著些許禪意的京都風裝潢。套間地板鋪上了榻榻米，內部的門則採用了紙糊的木質拉門，在敞亮的燈光下，隱隱的有些透光，落入左源眼中，竟品出了股說不出道不明的淫靡感。

「咳！」左源忙咳了一聲，扭頭去看屋裡的其他設施。

作為套房，屋子一共被分割成三個區域，一個直對大門的客廳，被布置上了木質的矮桌、帶靠背的坐墊、一些風格清新淡雅的盆栽、日式茶具和書架，乍一眼看上去，有些像他們剛剛吃飯用的包廂。

移開包廂右側的門就是臥室。雙人用的超大床鋪被安置在了屋內最中央，被褥上格外醒目地披了一層紅絲綢質地的床單。

此時它平整得一絲不皺，但左源卻一秒腦補出了它被人為弄皺、弄亂的樣子。

「咳！」左源更用力地清清嗓子。

抬步走過床鋪，左源推開庭院的門。

門外空間豁然開朗，足有五、六個臥室拼起來那麼大。

站在門口，左源看到了大片用楓樹和人造假山圍起來的溫泉區，正冒著嫋嫋熱氣，搭配著皎皎月光，畫面既朦朧，又曖昧。

——溫泉……PLAY啊……

腦內綺麗的畫面驟增，每一幕都是泡在溫泉裡的千騰慎，對他做出各種邀請的姿勢……左源才剛降溫的面頰又有了升溫的趨勢。

他捂住鼻子。

不知道左源正在意淫自己，千騰慎圈住他的腰，把下巴架在了他的肩膀上。

「現在可以驗收我給你的驚喜了嗎？」

「那就……就讓我、咳、就來試試吧？」

比起害羞，躍躍欲試的情緒此時明顯占了上風。

「我先去沖一下！」左源轉身就往浴室快走。

千騰慎隨後跟上。

十分鐘後——

「哈啊……」快速沖完澡的左源踩進了名為白絹池的溫泉裡，舒適地嘆了口氣。

左源靠著左側坐下來，將下巴以下的部位全埋進了池裡。

這池色澤似牛奶，但比牛奶透澈許多，能模模糊糊看到浸泡在池中的人體輪廓，但並不能看個真切。

略高於人體的水溫不燙也不涼，搭配著入秋後的晚風，正好能散散直往大腦湧的熱度，達到最佳平衡。

千騰慎隨後扯開圍在腰間的浴巾，坐在左源的對面。他倚在溫泉的邊緣，隨手將瀏海擼到了腦後，露出了光潔飽滿的額頭和立體俊秀的五官。

庭院的月光混著水霧落在他裸露在外的肌膚上，呈現柔和又白皙的光澤，就像左源曾在電影中看到的、打上了無數層濾鏡的精靈，聖潔中透著幾分色情。

視線不知不覺地停留在他身上，想要撥開霧氣，穿過乳白色的溫泉水，將他看個透徹。

——我就知道……泡在溫泉裡的小慎會很美味。

左源吞嚥著口水，屏住了呼吸，生怕多餘的聲響會破壞眼前的畫面。

嘩啦啦……

突兀的水聲向四周漸開，眼前的人渡著水，穿過層層漣漪，坐到了左源的身旁。

被溫泉泡得灼熱的手指探出水面，落在了左源的臉頰上，劃出一道溼漉漉的水痕。「怎麼盯著我看？我臉上有什麼嗎？」

「因為你好看呀！」左源伸出手，學著千騰慎，把手掌貼在了對方的臉頰上，不假思索地說出了心裡話：「就和我之前想得一樣。」

傳達至指腹的觸感如絲綢般細膩，微涼的肌膚在觸碰間染上了溫度，壓出了淡粉的色澤，和左源從不加保養而被晒成小麥色的手背，形成鮮明的對比。

呼吸不自覺地變得急促、粗重。

將左源所有細微的變化看在眼中，千騰慎挑眉。「那我和電腦、手機比呢？哪個更好看？」

「當然是你更好看！」聽出千騰慎的話外之意，左源求生欲滿滿地加重了語氣：「沒有什麼比你更好看了，我看著你就能射！」

千騰慎意味深長地「哦」了一聲，拽住左源往後拖進懷裡。

肌膚相貼，體感溫度陡然增長了幾度，燙得左源挺直了腰。但圈在腰間的雙臂禁錮住了他，左源的後背只是離開了千騰慎的胸膛分毫，就又被拽了回去。

左源感受到有個東西頂在他的尾椎處，感受清晰得難以忽略。那溫度、輪廓和硬度，不用看左源也知道是什麼。

「那我讓你看個夠，你射給我看看？」千騰慎說。

「……小慎，這只是一句誇張的形容。」

「但我看著你就能射。」

「胡扯！你哪次不是按著我，一邊幹一邊射的？我都記著呢！」

「你睡著後的事，你怎麼會記得？」

「……欸？」

「我看著你射了很多次，你怎麼就是不會醒呢？」

「我睡眠品質可好了！不對，重點不是這個……小慎，我淌著口水的臉……也能讓你射？」左源驚愕得張大了嘴，他想到了早上起來，時常淌在嘴角的口水。

「你怎麼能確定，淌著的口水都是你的呢？」

「……」

——我的口水不是我的，難道還是你的不成嗎？不要突然說和形象不符的黃色話題！

——所以你晚上究竟偷親了我多少次？又拿我射了幾次？

——不對不對，既然你那麼慾求不滿，為什麼不乾脆叫我起來！

——睡著的我哪有醒著的我好啊！我也可以跟你一起運動的呀！

左源在腦內狂吼，一時間不知道從哪吐槽起。

他張著嘴啞然了半天，才轉身戳戳千騰慎那具有欺騙性的臉，感慨道：「真是的，明明長得那麼禁慾，本質卻是個大色鬼～」

「如果我面對赤身裸體的你卻毫無反應，還叫你早點洗完早點睡，你才應該擔心我們是不是有戀情危機了。」

「你說得有道理。」左源點點頭，握住了千騰慎的硬挺和自己的。「我這就幫小小慎和小小源射出來。」

下身得到撫慰，千騰慎低頭吻住了左源。

脣舌交纏間，左源吮吸到了一絲淡到幾乎可以忽略不計的酒味。

酒精與蒸騰的熱氣作祟，催化著血液沸騰般升溫。不過片刻，左源就感覺自己沉入了一片空白的泥沼，腦內的氧氣似乎快被榨乾。

儘管他不住的吸氣，但吸入胸腔的空氣全都灼熱不已，無法填補空缺，反而讓大腦更加高溫。

怦怦！怦怦！怦怦！

心臟如鼓，迸發出的心跳聲清晰可聞，左源起先跟著它的節拍擼動身下的兩根硬物，但隨著它越蹦越快、越蹦越響，就逐漸跟不上了。

他只感覺心臟彷彿要在這過快的節奏中蹦到喉嚨。

——好燙……好熱……

臉頰燙得彷彿要燒起來，撫摸著兩根下體的手不自覺地鬆開了。

千騰慎輕笑一聲，舌也退了出去，在兩人的脣瓣之間拉出一條銀絲。「還清醒著嗎？」

冷清的聲音探入空白的泥沼中，揪住了左源的意識。

左源抬眸，然而迷離的視野什麼都看不真切。他只是依稀感覺到千騰慎托著他的屁股，往水面上抬了幾公分。

肩膀露到水面上，脫離水霧的區域，左源呼吸到了涼爽的空氣。

「池水溫度高了點，不適合做運動。我們回屋繼續吧。」

左源贊同這個提議，但身為成年男子，時常出現在小黃書裡的溫泉 PLAY 又讓左源心癢難耐。

難以抉擇間，他聽到千騰慎在他耳畔說道：「明天我讓旅館調整一下水溫，我們再繼續。至於今天……你的驚喜，打算什麼時候給我看？」

「對哦！」

左源猛地站起來，徹底清醒了。

——溫泉 PLAY 雖然很令人嚮往，但萬一玩 HIGH 了、昏過去，那我就虧大了！

——我的驚喜才應該是今晚的壓軸大戲！

「走走走，我們快回屋！」他拽著千騰慎心急如焚地往屋裡走。

屋裡的燈全被左源事先關上了，只剩下皎皎月光透過庭院灑入屋內，將眼前的一切照得朦朧。

左源想到了千騰慎介紹房間時的話。

有這月光照明，做愛時的確不用開燈，就能欣賞到戀人的身體。
想到這，左源將千騰慎按坐在了鋪有紅絲綢的被褥上，說：「小慎，先閉上眼睛，好嗎？」
「嗯。」赤裸著身體，千騰慎往床鋪上一躺，仰面朝天閉上了眼。
左源走幾步又退回來，連著試探了千騰慎好幾次，確定對方沒有睜眼偷看，才放下心來，打開從學校一路帶到旅館的背包。
吱啦——
開啟拉鍊的聲音格外清晰地滑破靜謐，清晰得令左源的心跳漏了一拍。
他慌慌張張地扭頭去看床鋪上的人……還好，他仍閉著眼睛，一副只要左源不叫他睜眼，期間無論發生什麼，他都漠不關心的樣子。
呼……
悄悄地鬆了口氣，左源看向背包裡面。
一副純黑色的眼罩包裹著一副加絨的手銬，被一同安置在包裡。
心臟怦怦狂跳著，沉浸在滿心激動中，左源拿出手銬和眼罩，輕手輕腳地挪到了千騰慎的身旁。
感受到了左源的氣息，閉著眼睛的千騰慎朝他所在的方向轉頭。

「好了嗎？」千騰慎問。

「還不能睜眼哦！」在千騰慎身邊蹲下，左源抓起他的兩隻手放在胸前。

喀！喀！

清脆的兩聲落下，千騰慎的手被銬在了一起。

千騰慎挑眉，手臂向外撐了撐，手銬間不足五公分長的鍊子發出了細碎的金屬聲響，聽著脆弱，但不是靠臂力就能輕易扯斷的。

左源撐開眼罩，蒙在了千騰慎的臉上。「小慎～現在你可以睜開眼睛啦～」

「你覺得我現在還有睜眼的必要？」千騰慎晃晃被銬住的手。「這就是你的驚喜？」

「沒錯！」左源一手撐在千騰慎胸口，抬腿跨坐到他身上。「驚喜嗎？」

「如果你能順利讓我射出來，那我應該會挺驚喜的。」

「哈～那你就拭目以待吧！」左源信心十足地道：「今晚，你的性慾歸我管了！」

藉著稀薄的月光，他低頭欣賞起身下的人。

從溫泉出來後，千騰慎就被左源拽進了屋，這會兒身上還溼漉漉的，水痕在月光下清晰地勾畫著腹部的肌肉輪廓。

左源總想不明白，總是坐在辦公室裡的千騰慎為什麼肌肉量看上去比天天運動、本職還是體育老師的自己還多。

左源曾羨慕地詢問過千騰慎，是不是在辦公室裡偷偷鍛鍊。

千騰慎的回答簡單直白，令左源每次想起來都羨慕得牙癢癢，又忍不住面頰發紅。「肌肉量是天生的。我的空餘時間都拿來和你一起運動了。」

就像現在。

視線沿著腹肌一路往上，掠過結實的胸肌，落到千騰慎被純黑色的眼罩裹住的面部。往日性冷淡的面容在眼罩的裝飾下，瞬間有了淫靡的感覺。

薄唇微張著，櫻紅色的舌尖在唇縫中隱約可見。溼漉漉的頭髮凌亂地散開，髮梢還滴著水，落在身下的紅絲綢上，暈開一朵朵暗紅色的水花，襯托得壓在上方的身軀更為白淨。

而他身下的紅絲綢就如左源最初幻想的那樣，皺出了幾道凌亂的折痕……

「小慎，你真好看。」左源忍不住讚嘆。

從高一邂逅千騰慎起，他就是左源眼中最好看的人。

只是這份好看，今天有了別樣的滋味，讓左源感覺更加美味。

似乎能感受到左源的灼熱目光，千騰慎勾起了嘴角。「你是說上面好看，還是下面？」

同樣赤裸著身體，坐在千騰慎身上的左源感受到了頂在尾椎上的陰莖，比起在溫泉池裡時要更灼熱。

表面正人君子，實際腦袋裡一堆黃色廢料的千騰慎現在非常興奮。

「上下都好看。」左源往下移動幾寸。「我得好好品嘗一下～」

勃起的陰莖滑過股縫，來到了左源的跟前，和他的硬挺貼在了一起。「先讓小小源嘗嘗小小慎～」

雙手圈住兩根陰莖，左源一邊上下擼動，一邊觀察千騰慎的反應。

網上都說，行動和視力受到限制後，觸感會被成倍放大，身體會隨之變得更加敏感。

總是被千騰慎壓得死死的還覺得挺舒服的左源，也想試著手握一次主動權，讓千騰慎來體會一下被他人掌控慾望，由他人為所欲為的感覺。

可真的這麼上手了，左源才發現手握主動權，想讓身下的人感到舒服，實在是——太累人了！

千騰慎的自制力和沉穩度遠超於常人，左源擼得手心都發紅了，對方都沒有一絲要射的跡象。

而左源的小小源面對這麼鎮定的小小慎，自然是想射也射不出來了！

不僅如此，千騰慎還將雙手扣在了腦後，悠悠哉哉地說：「再快點，你這速度是不可能讓我射的。」

「什麼？」左源目瞪口呆，這和他想要的結果完全不同！

「要我教你能讓人最快射出來的手勢嗎？」

「不、不用！我馬上就能讓你射！你等著！」

左源加快了擼動的手速，同時稍稍扭動屁股，讓小小源貼著千騰慎的肉棒，小幅地摩擦。

在兩重刺激下，屋內流淌的呼吸逐漸變得黏稠、粗重了起來。

「哈啊、哈……怎麼、怎麼樣，小慎？」左源粗喘著昂起頭，再看千騰慎。

對方微抿起了唇，終於有了一絲被情慾困擾的樣子。

但是想要射出來，光是這樣還不夠。

左源覺得自己的性器硬到快要爆發，但就是怎麼都無法攀到釋放的臨界點。

慾望在腦中叫囂著，還差一點，還差一點……

但究竟是差哪一點，習慣了做愛時由千騰慎主導，許久沒有自己擼過的左源怎麼也摸索不到。

手指著急地推壓著，摳弄著龜頭，將吐露出的半透明淫液均勻塗抹到兩根陰莖的每個角度，左源垂下眼眸，隨即，他看到了自己隨呼吸而起起伏伏的胸膛，看到了自己挺立起來的乳頭。

透過乳尖，左源看到了身下雙唇微啟，喘息著的千騰慎。月光點在他的唇瓣和若隱若現的舌尖上，透著誘人的光澤。

一瞬間，左源忘了呼吸，身體隨本能先行，他俯身，勾出舌尖吻住了千騰慎，和他交換起了呼吸。

「想射……想射了嗎、唔嗯……小慎？」

「還不夠……你也沒有、被滿足到，不是嗎？」被束縛起來的雙手越過左源，精準地落在了臀瓣上，千騰慎張開雙手，手掌將兩邊臀瓣全都包裹進手中，稍稍用力，就扒開了藏在臀縫中的後穴。「讓我進去。」

像是在渴望手指的到來，後穴不自覺地收縮了一下。

左源忙按住了這雙不安分的手。「你別亂動！」

「讓我進去，我就全射給你。」

「……」

左源舔舔唇角，嚥下混合著著兩人氣息的唾液。他很想拿出魄力拒絕千騰慎，那是以前千騰慎手握主導權時，左源做不到的。

可是來自後穴的渴望難以忽視。

腦內有個聲音不停地說著，不要拒絕他，讓他進來，讓他進來，讓他進來，讓他進來讓他進來讓他進來……越說越快，越說越渴望。

光是想著千騰慎進來後會帶來的觸感，左源就覺得自己快要射了。

原來這就是差的那一點——他想要千騰慎的撫慰。

「該死！」低聲咒罵完，左源急忙將注意力全傾注到下身，壓抑住它。

他紅著臉，瞪了千騰慎一眼。

只是被蒙著眼睛的千騰慎什麼都看不到。他能做的只有喘著氣，等待左源對他的請求做出決策。

「唔嗯……」左源聽到了自己不甘心地輕哼，他放開了按住千騰慎的手。

雙手得到了自由，千騰慎毫不猶豫地探出手指，用兩根中指一左一右，撥弄起後穴。

然而乾澀的後穴顯然不是光靠手指就能順利擴張的。

勉強擴張了兩下，聽到左源發出了不適的輕哼，千騰慎鬆開了手，染上情慾的臉上終於有了一絲被拘束住的煩躁。「我帶了潤滑液和保險套，放在了床頭櫃裡。」

左源扭頭，看向床鋪左側的小櫃子。

兩人到旅館後，只有去浴室沖涼期間短暫的分開了一、兩分鐘，看來千騰慎就是利用那點時間把東西都提前備好了。

懶得起身，左源趴在千騰慎身上，朝著床頭櫃伸長手臂，打開了抽屜。裡面赫然躺著左源批發來的潤滑液和保險套——家裡還有一大箱，也不知道兩人得做多少次，才能把這些用完。

左源忽然有些後悔買的時候沒有多挑些口味和款式，如今顯然少了些情趣。

正想著，壓在身下的人忽然伸出舌頭，舔了下左源的胸膛。

「唔！」左源猛顫了一下，沒等他坐起來，溼濡的舌沿著肌肉的走勢，精準地找到了左乳，將它捲入了舌中，吮吸了起來。

「小、小慎！」左源低頭去看千騰慎。

被蒙著眼睛的人舔舐胸脯，這畫面實在是太刺激了，左源連喘了好幾口氣，才有力氣坐起來。

被千騰慎舔舐過的左乳掛上了銀絲，在月光下折射著透出棕紅色的光澤。從乳尖散開的涼意，讓左源無法忽視它的異樣。

「東西拿好了嗎？」罪魁禍首將手放回左源的屁股，十指撥弄著臀瓣，催促左源快往裡灌溉潤滑液，好讓它們進去。

左源面紅耳赤地看向手中的潤滑液和保險套。

讓千騰慎幫自己擴張，讓他的肉棒頂開後穴，左源相信他們很快就都能射出來。

——但這麼做的話，和平時又有什麼差別呢？

左源撫摸上覆蓋在千騰慎臉上的眼罩。

在左源後穴處催促著的手指一頓，千騰慎歪頭，似是在困惑左源的舉措。

他看不到左源，只能通過聲音、觸摸與被觸摸來感知彼此。

而手銬，正是為了限制住千騰慎，讓他不能自由地觸碰左源。

此時此刻，也多虧了手銬的存在，讓左源沒有像往日那樣早早地陷入情慾而忘了初衷。

左源單手抓住手銬鍊子，拖著千騰慎的手，壓回到他的頭上方。他隔著眼罩，親吻千騰慎的眼睛。「我會讓小小慎進去的。但你不能碰我。」

「什麼？」

「我的意思是，你只能等我擴張好了，再進去。」左源說著，趴到千騰慎的身上，撅起屁股，另一隻手憑感覺將潤滑液澆到了股縫間。

空氣中蕩開了一絲甜膩的氣味。

喉結不自覺地一緊，左源屏息著，小心翼翼地將中指伸進後穴……

「唔！」

奇怪的觸感。

這是左源第一次幫自己擴張。不同於千騰慎入侵時的感受，中指探入後穴後，左源能清楚感受到後穴包裹著手指，來自手指、來自後穴互相感應的觸感。

說不上舒服，也說不上難受，這觸感實在是太奇特又太令人害羞了！

血液直往頭頂上翻湧，脖子、面頰、耳朵全都燒紅了起來。

左源都沒注意到自己發出了一串細碎的呻吟，和手指進出後穴發出的水聲交叉在了一起。

身下的人這下沒法保持鎮定了。

被左源死死按壓在床鋪上的手銬顫響起來。「乖，先放開我。」千騰慎扭動著下身，想要用肉棒探路，尋找水聲的源頭，但都被左源避開了。

「哈啊……不、不行，還沒、哈、沒好……」胸前的小乳珠不經意地擦過千騰慎的乳尖，兩人的喘息聲中不禁混入了顫音。

空氣陡然升溫，快要乾涸的水漬和汗水交融在一起，白淨的肌膚透出了淡粉色的情慾。

左源吞嚥著口水，壞笑著用乳尖在千騰慎的胸口畫圈，挑逗他胸口的小紅豆。

勃起的小小源跟隨身體晃動的幅度，龜頭將滲出的愛液塗抹在千騰慎的腹部，填滿一塊塊腹肌間的凹痕。

感受著身下的呼吸越發急促，左源慢慢吞吞地往後穴探入第二根手指。

兩指進入後穴後，左源向兩邊撐開手指，深埋於後穴中的空虛感與慾望隨之被打開。

灌入後穴的潤滑液沿著手指，淌落到了千騰慎的腹部和豎立著的肉棒上，讓腦中灼燒的性慾更強烈。

「吻我……」左源聽到千騰慎喑啞的呼喚。「快點……」

就和左源被千騰慎玩弄，祈求撫摸時一樣。

左源將舌探入了他的雙脣內。

黏稠的水聲又多了一重。

後穴處，兩指沒有往內部再多探尋，將穴口的褶皺撐開到可以容納更大的東西後，左源抽了溼漉漉的手指。

捕捉到了這個細微的聲響，千騰慎抽出與左源糾纏的舌，催促道：「現在、可以餵飽你的小小慎了嗎？」

「你要快一點……還是慢一點？」

千騰慎輕笑，壓低音道：「快一點。」

「那你得好好感受。」他反手握住早就完全勃起的小小慎。

左源能夠清晰地感受到肉棒上經脈一凸一凸地搏動著，幾乎與心跳同拍。它就在臨近射精的前夕，只差最後的滿足。

左源瞧向被他放在千騰慎身旁的保險套。

一隻手要按住千騰慎，不讓他反客為主，另一隻手又要拆開保險套，給他戴上……左源在腦內模擬了一番操作，得出了「麻煩」的結論。

千騰慎始終都蠢蠢欲動著，左源不過是停頓了幾秒，銬住千騰慎的手銬鍊子就又不安分的晃動起來。

好不容易把握到主動權，左源可不想在臨門一腳時功虧一簣。

於是他瞇起眼睛，將手中的肉棒挪到了後穴口，一鼓作氣地坐了下去。

「呃啊！」粗壯的肉棒撬開層層肉壁，順勢擦過前列腺，直達後穴的最深處，左源感覺自己被一下子頂到了胃部，兩顆飽滿的蛋蛋重重地撞在了穴口。

千騰慎一怔，險些在全插進去的瞬間射出來。

他不確定地喚了聲左源。

沒有保險套的陰莖緊貼著肉穴，觸感比平日要強烈數倍。左源連喘了好幾口氣，才緩上勁來。

他放開千騰慎的手，坐起身，上下吞嚥起貫穿他的肉棒。「哈啊、怎麼、怎麼樣，小慎……是不是更驚喜了？」

「你一直都是我的驚喜，左源……」雙手終於沒了制約，但此時此刻也沒有需要它發揮的地方了。千騰慎把兩隻手壓在眼罩處，喘著氣問：「我為你的驚喜折服了……現在，我能摘了它嗎？」

「我說不可以、哈啊……你就能、不摘嗎？」

「當然不能……我想看你。」千騰慎扯下了眼罩。

皎皎月光如水般湧入視野，洗去黑暗。

眯起眼睛，千騰慎模模糊糊地看到了背對著滿園秋色，全身赤裸著騎在他身上，一上一下搖擺聳動著的左源。

略深於千騰慎的膚色披上月光，在汗水的點綴下，呈現出誘人的光澤。

冷不防地與千騰慎四目相接，看到倒映在紫色眼眸中的、被情慾支配的自己，堆積在下體的慾望忽然間抵達到了臨界點——

「啊、啊啊——」精液噴湧而出，在半空劃出弧線，濺落在了千騰慎的身上和臉頰。

左源癱坐在了千騰慎的身上，才抽出幾分的肉棒順勢又擦過高潮後無比敏感的內壁和前列腺，嵌入到最深處，彷彿要和收縮的內壁融為一體。

眼前，剎那間一片空白，即便左源努力地睜大眼睛，也無法將雙目看到的畫面傳入大腦，自然也就看不到忍耐住射精的慾望，而眉頭緊鎖的千騰慎。

被手銬束縛住的雙手極力撐開，千騰慎扶住左源的腰，說：「我也要射了……我扶你起來。」

「不要。」左源毫不猶豫地拒絕。

高潮後的餘溫還在作祟，他受不了現在把肉棒抽出來再帶來的衝擊。至於另一方面，心底有一個瘋狂的聲音冒出了頭……

——想要擁有更多、更多在小慎主宰性愛時，無法獲得的體驗！

——想要擁有更多、更多與小慎有關的東西，容納下他的全部！

在那個聲音的蠱惑下，左源舔舔嘴角，說：「就這樣，在我裡面射吧。」

「不行，你會不舒服的。」千騰慎的眉頭皺得更緊了。

兩人交往至今，不戴套的做愛次數屈指可數，內射更是從未有過。千騰慎不允許自己在慾望中失控。

他主宰著的不只有左源，還有他自己。

他不想給左源任何糟糕的性愛體驗，給他任何推開自己，抗拒彼此連為一體的理由。

但他沒想到，左源竟然和他槓上了。

「我沒有不舒服。至少現在，我現在很舒服。」手掌蓋在了千騰慎的手臂上，左源壓著他的手指來尋找腹部內陰莖的輪廓。「射吧，小慎。填滿我，然後……我們去浴室，再來一次～」

「……」

「你不是說，讓你進去，你就全射給我嗎？」

「……」

「你會幫我清理乾淨的，對吧！」

「……」

僵持沒有意義，尤其是在一方已經做出了明確的決定後；尤其在慾望快要失控，頭緒越發混亂的時候。

千騰慎的腦子被粗重的呼吸聲和渴望噴發的意識充滿。模模糊糊的，他聽到左源說：「別再忍耐了，小慎。」

「那就如你所願吧。」再也克制不住慾望，千騰慎收攏十指，更用力地按壓住左源的身體，與他的性器鑲嵌在一起。

伴著低沉的呻吟，他將精液全都灌入後穴狹窄的肉壁內──

「唔！」精液噴湧進從未被入侵的更深處，衝撞得左源昂起了頭！

下一秒，千騰慎憑藉著腰力，猛地坐了起來，捧住左源的臉頰，又一次吻了他的唇。

這個吻遠比之前的幾個吻要更猛烈，宛如席捲而來的暴風，將左源的呻吟全被鎖在了唇中，用舌攪碎，只剩下兩人含混不清的喘息。

吮吸著彼此溼濡的氣息，左源聽到千騰慎用微不可聞的低沉聲線緩緩地說出「我愛你」三個字。

──這是我用驚喜換來的優勝獎勵嗎？

如此想著，左源回抱住千騰慎，加深了這個吻。

內射一時爽，清理半天忙。

很快，左源就切身地體會到了這句話的深意。

被射入體內的精液實在是太難清理了，接下來的一晚，左源都被千騰慎按在浴室裡，掏弄著內壁裡的殘留物。

千騰慎甚至拆了蓮蓬頭，拿水管對著左源的後穴想要幫他灌腸，嚇得左源連聲慘叫，四處亂跑。

最後左源被按進了浴缸裡，屁股都挨了好幾巴掌。

不痛，就是特別沒面子。

「小慎，你輕、輕點！」跪趴在浴缸邊，左源撅著屁股，顫聲求饒。

「我現在對你越隨便，回頭你就等著肚子痛去看醫生。」手指就著溫水疏導出最後一點精液，千騰慎毫不留情地又拍了下左源的屁股。「以後還敢不敢為了和我比拚驚喜而胡來？」

「哎~做愛做的事哪能叫胡來呀！」左源扭頭，對千騰慎比了個讚。「小慎，今天的驚喜，是不是我贏啦？」

「……」

左源只用一句話就證明了，他半點沒把千騰慎的警告放在心裡。

面對這樣不記疼、神經粗、腦迴路總是不在重點上的左源，千騰慎永遠沒轍。

但也正因為左源對千騰慎來說是那麼的與眾不同，將他完美掌控的無趣世界擾亂，他才會把左源放在心上，等意識到時，已經沒辦法再將左源從心中移除。

千騰慎只能不停地安慰自己，至少事後的清理沒有讓左源對做愛產生陰影，甚至樂在其中。

而且他們以後還能玩一些他覺得不會傷害到左源的遊戲。

想到這，千騰慎輕嘆一口氣，認命地說：「的確你的驚喜更特別。」

「哈哈哈～我就知道！」左源一掃被清理後穴時的尷尬，站起來猛拍了下千騰慎的肩膀。

那力道大得千騰慎只覺得後背火辣辣的疼，要不是左源笑得單純，他簡直要懷疑對方是在藉機報復打屁股的仇。

見千騰慎皺起了眉頭，以為他是在為輸了驚喜對決而悶悶不樂，左源忙對著浮出掌印的白皙後背又「啪啪」地連拍了好幾下。「當然，這當中也有小慎你的功勞啦！多虧你選了那麼棒的溫泉旅館！這房間的月光真的沒話說，可惜沒有鏡子，你都看不到自己在月光下的樣子，只有我能欣賞。嘖嘖嘖……你知道嗎，看著你，我就覺得精神滿滿，幹什麼都不累，還能吃碗飯！哈哈哈哈哈……」

千騰慎：「……」

很遺憾，他沒有絲毫被安慰到的感覺。

這一刻，他只痛恨自己的腦補能力太強，僅靠左源的隻言片語，就想像出了左源坐在自己身上，對著他的臉開心扒飯的樣子……常年慾求不滿的小小慎一下子就萎了。

看來今晚是註定沒有第二輪了。

面對滿面春風、扠著腰哈哈大笑的左源，千騰慎磨磨牙，傾身到他耳畔說道：「別高興得太早，我們還有第二天。」

「第二天？」左源一怔。

——對哦，過了今晚，我們又要展開新一輪的驚喜對決了。

過去的幾天，左源每天想的都是要用眼罩蓋住千騰慎的眼睛，用手銬拘束住他，對他為所欲為。

但是然後呢？

第二天的驚喜是什麼？

左源壓根沒想過！

這瞬間，左源大腦空白了。

「看來……明天我能輕鬆拿到優勝了。你可要好好地期待明早。」

千騰慎帶著意味深長的語氣在左源耳邊留下這句話，勾起對方的好奇心後，就毫不留戀地走出了浴室。

——所以……明早會有什麼嗎？

——吃飯、包廂、泡溫泉……難道還不是整個溫泉旅行的全部嗎？這間溫泉旅館裡還有什麼特別的安排，被千騰慎放在了明天早上？

左源被吊起了胃口，整顆心都癢得不行，然而千騰慎卻像個沒事人一樣，丟掉紅絲綢被罩，鑽進被窩裡就要入睡！

「別睡啊小慎，這都還沒過十二點！」左源趕忙鑽進被窩另一邊，貼到男人身邊。

「睡前賣關子不是好習慣，你快給我劇透一下明天你會給我什麼驚喜嘛！」

「小慎你肯定還沒睡著吧？喂？不要裝睡！」

「小慎小慎，呼叫小慎！你再裝睡，我就要撓你癢了！」

……

左源在千騰慎的耳邊吹氣，可是無論他追問多少遍，千騰慎就是不睜開眼睛。

看著呼吸緩緩，一副安詳睡顏的他，想要撓他癢的手都伸到了腰邊，左源最後還是放了下來。

千騰慎的工作比左源辛苦太多，如果他是真的累到秒睡過去，左源不忍心動手弄醒他。

左源掏出手機，決定自食其力，搜索起這間溫泉旅館有提供些什麼項目。

他堅信在找到真相前，自己會失眠。

但當他真打開溫泉旅館的官網，看到一堆密密麻麻的字占據手機螢幕時，睏意立刻戰勝了好奇心。

哈欠化作淚花，蒙住了雙眼，模糊了他眼前的文字。眼皮下沉了兩、三次，手機便從手心中滑落，落到了枕頭旁，自動鎖上了螢幕。

房間再次暗了下來。

被窩中，一聲帶著些許寵溺的嘆息緩緩散開。千騰慎閉著眼睛幫左源攏上被子，壓好被角。

迷濛的夢境裡，左源感覺到有誰輕輕地撫過他的眼睛。

他想要睜開眼去看個真切，可就是怎麼也睜不開。

意識被黑暗籠罩著。他在黑暗中，一直一直地奔跑著，直到細碎的聲響在周身蕩開，他才困惑地停下了步伐。

喀啦、喀啦啦……

那是……

喀啦、喀啦啦……

像是金屬手銬會發出的聲響。

——等等？金屬手銬？

喀啦、喀啦啦！

——準確的說，應該是金屬手銬上的鍊子會發出的聲響！

左源記得，在他和千騰慎都射出來後，他就解開了手銬。手銬和眼罩被他隨手丟到了一旁。

它怎麼會又發出聲音？

是誰拿起了它？又正在使用它？

困惑讓思緒越發清晰，左源猛地想開眼睛——

「……咦？」

眼前黑漆漆的，左源感覺到有什麼東西壓在他的眼睛上，阻擋住視野。

想要拿掉眼前的東西，他動了動手……

喀啦啦！

金屬手銬又響了，左源驚愕地發現，他的手被固定在了頭頂處，移動不了！

「總算醒了。」千騰慎的聲響從上方落下。「雖然現在沒有月光，但是在日光下，你的樣子也很誘人。」

千騰慎無疑是把昨天左源在浴室裡說的話還給了他。

「那你要坐在我的身上吃早餐嗎？」左源咧嘴，逐漸清醒過來的意識壓住了慌亂。「這就是你要我期待的驚喜嗎？」

「不驚喜嗎？」

「如果我摘下眼罩後，能看到穿著圍裙的你，我一定會驚喜得不行。」左源坦白道。他對什麼時候能讓千騰慎全裸穿圍裙念念不忘。

或許是想到了上週左源穿圍裙的樣子，千騰慎很輕地笑了一聲：「那留到下次吧。看在我準備了很久的分上，你先收下我今天的驚喜。」

說著，平躺在床鋪上的左源感覺自己的左腿被人抬了起來，一雙微涼的手，落在了他的腳底。

腳上的觸感清晰又敏感，左源有些怕癢地蜷起了腳趾頭。

他想起了昨天對千騰慎的所作所為。

左源以為千騰慎今天會如法炮製，吊著他的性慾，在他身上好好「為所欲為」一番，可哪知對方握住他左腳的手，忽然往腳底用力地按了下去——

「嗷嗷嗷嗷嗷！」一切綺麗的幻想都在疼痛中化為烏有。

左源痛得嗷嗷直叫，像隻蚯蚓般左右扭動，試圖掙脫那雙手的制約。「小小小小小慎！別再按了！我受不了了！」

「那可不行。」千騰慎的手死死箝住左腳，絲毫沒有要放過左源的意思。「痛則不通，你平時健身不能只練廣播體操啊。」

「誰、誰說我只練廣播體操了！你不能因為我腹肌沒你明顯就詆、詆毀我！我有在健身！嗷嗷嗷嗷嗷——鬆、鬆手！」

「你知道嗎？這家溫泉旅館的特色是指壓按摩。為了給你驚喜，我特地向他們討教了獨家的按摩技巧，你不好好體驗一遍怎麼行。」

「沒必要！這真沒必要！」黑色的眼罩上暈開淡淡的水漬，要不是手被固定在頭上方，這會兒左源一定狂拍床鋪，以發洩腳底遭受的痛楚。「大家都是成年人了，我們就不能幹一些更有意義的、只會舒服不會痛的事嗎！」

「呵呵。」

即使看不見，但以左源對千騰慎的瞭解，僅憑這一聲笑，他就敢打賭，千騰慎此刻的眼中一定滿滿的都是算計！

果不其然，掌控住左腳的手指挪到了內踝和跟腱之間的凹陷處，施力按了下去。

「噭噭噭噭噭！」左源爆發出了更慘烈的叫聲，手銬被搖晃得嘩嘩直響。

「這裡是太溪穴，適當按摩有助於滋腎陰、補腎氣、壯腎陽……你這裡那麼痛，看來腎臟不太行啊。」

「我腎臟行不行，你幹我的時候還不清楚嗎！」

「你有時候射得比較快……」

「那、那是你技術好！至少沒有像現在這樣，讓我那麼痛！」左源滿臉通紅，分不清是被氣的，還是被按的。「比起專業的按摩師，你按摩的技術還有待加強！

先放了我，我們下次再按吧！」

「哦？」尾音稍稍上挑，千騰慎沒有放開左源，施加在穴位上的力度又加重了幾分。「你這裡被其他人碰過嗎？那個人也是這麼用力地幹你這裡？」

「沒有！沒有人按過這裡！不，我的意思是，我沒有找人按摩過！你不要把話說得那麼奇怪！」左源撒開喉嚨大喊，話語裡充斥著疼痛和求生欲。

「既然這是你的第一次，我要努力給你更完整的體驗才行。」說罷，千騰慎抱起左源的腳，指腹抵在了腳掌足前和腳掌的凹陷處。「這裡是湧泉穴，也和腎臟有關。」

話音落下，屋內又響起左源嘹喨的號叫。

「這是內庭穴，能祛胃火。」

「輕、輕點啊小慎——」

「這是大敦穴，清醒頭腦。」

「我的頭已經痛到不能更清醒了！」

「還有這裡，厲兌穴，通調腸胃。」

「嗷嗚……」

「別哭，還有很多地方沒有被按到呢。」

秉持著絕不放過左源的原則，之後千騰慎又分別按了腳上的好幾個穴位，尤其針對左源心虛的部分，例如大拇指指腹，表示這裡會痛，肯定是左源晚上通宵打遊戲，沒有好好睡覺；腳趾根部的穴位，表示左源平時玩手機、打電腦太多，傷了眼睛；還有腳底心的穴位，這裡痛是因為左源外賣吃太多，導致腸胃狀況不佳……

左源被說得啞口無言，只能含淚認栽。

他可算是見到千騰慎表面給驚喜，實際秋後算帳的能力了。

眼罩靠近眼尾處被眼淚浸出了些許水漬，襯著泛紅的臉頰，格外的能引起人的施虐心。

令人憐愛。

千騰慎揚起了唇角。「喜歡這個驚喜嗎？」

「喜、喜歡。你贏了，放了我吧……」左源吸吸鼻子，回答道。

他哪敢說不喜歡。

千騰慎保準會按到他說「喜歡」為止。

看著左源委屈到都染上潮紅的身體，按在穴位上的手指隨之放輕了力度和速度。「好了，我輕點。一會兒適應了，就不會痛了。」

「怎麼可能適應……」左源充滿懷疑。

但很快千騰慎就身體力行地讓左源明白，只要下手精準又溫柔，按摩也能像做愛一樣，讓他感到舒服。

微涼的手指按順時針緩慢畫圈揉壓，肌膚逐漸染上左源的體溫。

視覺被遮蔽後，觸感就變得格外敏感，左源能夠清晰地感覺到難耐的刺痛感轉為酸脹感的過程，也能捕捉到千騰慎吐落在他腳趾上的呼吸。

就像一根無形的羽毛，跟隨手指的節奏，一下又一下地撓著左源，撓得他的心也勾了起來，有了額外的渴望。

——想要這雙手揉壓更多的地方。

——輕柔地、用力地……全都想感受一遍。

順應大腦浮現的渴望，左源聽到自己的話聲，染上了一絲喘息：「換個地方，小慎……」

回應左源的、是千騰慎微不可聞的笑聲：「接下來，你想要我按哪裡？」

「下面……」

「我的手已經在你身體的最下面了。」

「不是說腳……」

「那是哪？」

「……肉棒，按摩我的肉棒。」

「好。」

雙手帶著灼熱的溫度落在了左源的腹部。僅僅是感受到對方手掌的輪廓，性器就情不自禁地抬起了頭。

手指沿著腹部的曲線遊弋到性器的根部。千騰慎勾起食指，撥弄了下龜頭。

「你這裡很敏感啊，需要我下手輕點嗎？」

左源被弄得心臟狂跳，思緒不由得集中到了下身。

以左源對千騰慎的瞭解，他回答輕點，等會兒八成會被撩撥得射不出來，連番求饒。

但他要是回答用力點……

不加制約的千騰慎不僅會讓他錯過早餐，或許午餐也會吃不上。

——這真是個艱難的選擇啊。

左源舔舔嘴角。

雙眼被蒙著，左源只能看到很微弱的、從眼罩縫隙中鑽入的光，但他卻能清晰地感覺到千騰慎的目光。

男人灼熱地凝視著他的身體，彷彿要將他身體所有細微的變化都看進眼裡。

如果沒有眼前這層布料遮擋，左源相信，他一定也會用同樣的目光回視千騰慎。

就如昨晚。

想像著自己的雙眼透過眼罩和那雙深邃的紫眸對視，左源順應著顫抖的慾望，回答：

「重一點。」

非常男子高校
Unusual High School
☆男上加男，人生好困男☆

第五話：讓人不安的驚喜

重一點的代價就是——這個令人驚喜的週休，左源幾乎沒有離開過房間一步。食物每天都會被定點送到門口。起初做到一半，聽到有人走近的腳步聲，左源都會極力閉上嘴，不讓呻吟聲洩漏出去。

但隨著性慾和疲憊逐步制約大腦，彷彿是意識到靠近的人是不可能推開房門的，左源逐漸的也不再留意那些聲音。

另一方面，左源終於如願以償……不，應該說是兩個人都如願以償地嘗試了月光下的溫泉PLAY。

沐浴在蒸騰的水霧中，左源坐在千騰慎身上，親吻著他。

濡溼的吻和流淌的溫泉水聲交織在一起，宛如催眠曲般蠱惑著意識，讓左源腦內只剩下了滾燙的慾望。

這放棄思考的狀態一直持續到兩人從溫泉旅館回來、分別、左源來到學校上班……坐在辦公座位上，左源仍有種大腦慢半拍的不真實感。

「左老師怎麼了？怎麼一副恍恍惚惚的樣子呀？」

一旁熱愛八卦的英語老師捕捉到了左源的異常，揚高聲音問道。

她的話聲成功地引來其他老師對左源的關注。

「前兩週憂心忡忡的，跟失了魂似的。上週恢復了精神，這週又開始走神……左老師的戀情似乎有點跌宕起伏啊？」化學老師看似雙眼看著試劑瓶，實則是在看倒映在瓶身的左源。

「難道是……又失戀了？」

「你這個『又』字用得很精妙，值得分析三百字。」

「這得當事人先提供一、兩個線索才行啊。你說我說的是不是呀，左老師？」

灼熱的視線齊刷刷地刺向左源。

左源確信，這些日子同事們對他「是否有戀人」這件事的好奇，已經漲到了空前的高度。

但是被男朋友幹到恍惚這種事，就算他臉皮再厚，也不可能說得出口！

左源只能低著頭，用逐漸恢復轉速的大腦自我反省。

——這幾週過得太縱慾了！不能再這樣下去了！

雖然各種 PLAY 讓人驚喜，但也著實令人腎虧。

為了身體和工作，左源拿起筆，決定從這週起找點全年齡向的驚喜給千騰慎。

——就比如說……我過去從來都不會做的事。

沿著這個思路往下想，左源想到了「吃」。

因為千騰慎很會做飯，因為外賣方便又好吃，因為學校餐廳物美價廉……所以左源從來沒有想過要自己動手做飯。

而千騰慎只要左源不亂吃垃圾食品，就已經心意滿足了。

相識多年，他從來沒有提過要吃左源親手製作的菜肴——可能是怕左源做飯不成，毀了廚房，那到時頭痛的就是千騰慎自己。

但如果左源能輕輕鬆鬆做出一桌菜肴，對千騰慎來說絕對會是個大驚喜！

——「這真的是你做的嗎？想不到你那麼有烹飪天賦！」——

——「唔～實在是太好吃了！你太讓我驚喜了！」——

幻想著千騰慎一邊咀嚼他做的菜肴，一邊讚不絕口的模樣，左源不由得摩拳擦掌起來。

他抬起頭，看向教職員辦公室唯一的已婚男子袁老師。

儘管菱東餐廳每天都供應老師們免費午餐，但袁老師的妻子依然不定期地會給他準備便當。

據袁老師解釋，他的姪女是名美食部落客，經常會在網上上傳自己烹飪菜肴的影片和食譜。老師的妻子羨慕得不行，三天兩頭往姪女家裡跑，美其名曰：要學習一手好廚藝，犒勞她的叔叔。

不管便當的實際味道如何，每次袁老師打開飯盒時，他都會挺直腰板，享受一番教職員辦公室內響起的「哎唷哎唷」調侃聲。

當然，這當中是沒有左源的。

左源只要有飯吃就快樂，能吃幾頓外賣就更快樂。

沒能收集到左源羨慕的讚嘆，袁老師似乎跟他卯上了，最近幾次打開便當，左源都能收到來自袁老師的目光，他正在無聲地吶喊著「快看我的便當！快看啊」。

那目光強烈到誰都忽視不了，更不要說做過不良少年、對周遭目光極其敏銳的左源。

天知道左源用上了多大的定力來偽裝遲鈍。

可惜，他要在今天親手脫下這份偽裝。

【原諒色：袁老師！你那會做飯的姪女收不收學生？付費的那種。】

左源送出訊息，不出十秒，他就收到了回覆。

【莫生氣：是左老師你要學做飯呢，還是其他人啊？】

【莫生氣：我姪女每天都挺忙的，但要是左老師的話，我幫你求求情也不是不行。】

【原諒色：真的？那請你幫我問問她。】

【原諒色：我就想學習一些簡單的家常菜，最好是讓烹飪白痴也能迅速上手，一天速成！】

【莫生氣：你小子這需求……寫得就跟騙學生的補習班宣傳詞似的。】

【原諒色：嘿嘿，因為我有比較急迫的需求嘛。】

【莫生氣：好吧。我幫你問問。】

【莫生氣：要是她說可以……】

【原諒色：您放心！要是她願意收我，下次您拿師母做的飯出來，我保證叫得比誰都大聲！讓最近的班級學生也能聽到，您的午餐有多羨煞旁人！】

左源寫得振振有詞，覺得自己簡直就是個小機靈鬼。

另一頭的袁老師看到這一長段的話後，沒回給左源，教職員辦公室裡反而響起了他渾厚的一聲「操」！

早就不聞八卦，紛紛批改起作業的老師們瞬間驚起，向袁老師投以詢問的眼神。

嘴上說著「沒什麼沒什麼」的袁老師狠狠地瞪了左源一眼，劈里啪啦狂敲起鍵盤。

左源以為他是在寫吐槽自己的文章，但直到袁老師推開鍵盤，拿著課本去上課，左源也沒有收到來自他的訊息。

倒是英語老師在去上課前發來了「慰問」。

【Daisy Wu：左老師~我剛剛看到袁老師瞪你喔！】

【原諒色：別瞎想，相信我，沒有事。】

【原諒色：就是我問他能不能請他姪女教我做飯。】

【Daisy Wu：哎唷……你開竅啦？】

【原諒色：啥？】

【Daisy Wu：沒什麼沒什麼。】

【Daisy Wu：你放心，袁老師肯定會幫你搞定。他等你這一句等了好久了呢。】

把這意義不明的話發給左源後，英語老師也離開了教職員辦公室，留下左源一頭霧水地反反覆覆看了好幾遍訊息，卻愣是沒能揣摩出對方的深意。

好在，結果正如英語老師說的，袁老師幫左源搞定了這件事。

臨近放學前，對方發來一個地址。

【莫生氣：這是我姪女的工作室。她今晚會在工作室錄影片素材，你要是沒事，就收拾收拾，換身好看的衣服去找她。】

【莫生氣：多虧我用盡了多年國語功底，將你的外貌誇得天上有地下無，她說只要你能通過她的法眼，她就免費教你。】

左源：「……」

有專業的人願意免費教自己煮飯，左源自然再樂意不過。但是……教授的代價是自己的外貌？

左源拿起手機，藉著螢幕反光，左右審視了一番。

要是對方嫌棄他長得一般，當面拒絕教他，那豈不是很尷尬？

左源忙找唯一知情的英語老師求救：

【原諒色：Daisy老師！妳覺得我長得怎麼樣？還過得去嗎？】

【Daisy Wu：T恤加運動褲是肯定不行的。回家換正式點的衣服再去跟人家女孩子見面，知道嗎？】

左源撓撓頭，雖然滿腹都是「穿一身好看的衣服還怎麼做飯」的困惑，但話在嘴邊轉了圈，又被他嚥了回去。

體育老師的工作不同於其他老師，可以精緻打扮。輕便、舒適，方便運動，才是最重要的。

學校也不會希望老師西裝革履地來教學生體育，所以左源從沒在穿著上用過心。

衣櫃裡最多的還是運動服和T恤，只有兩套相對正式一點的衣服被放在衣櫃最角落——還是千騰慎今年更換衣服款式時塞進去的，以備兩人去相對高檔、對穿著有要求的地方時使用。

左源基本沒有「臨幸」過它們。

今天左源破天荒地把它們都拿了出來，放到床上認真地比較了一番，最後挑選了休閒西裝套組——米色休閒西裝搭配黑色V領薄毛衣和深色牛仔褲。

左源站在平日只有千騰慎使用的穿衣鏡前拉扯了半天衣襬，總有種手腳都不知道該擱哪的無措感。

眼看著時間越來越晚，再不走就要趕不上約定時間，他才胡亂地抓了抓額前亂飛的瀏海，露出幾乎快被遮擋住的眼睛，然後快跑出家門。

袁老師姪女的工作室離左源家有些距離，光是捷運左源就轉乘了兩次。好在過了下班高峰，左源沒有擠得太辛苦。

期間，千騰慎冷不防地打了個電話給左源。

這個時間點的電話，平日裡兩、三個月都不會有一通。

千騰慎有很多飯局，所以兩人就算要煲電話粥，也是預設在晚上十點以後、睡覺之前。

生怕捷運報站名，暴露自己去了平時根本不會去的地方，進而被問出相關計畫，左源盯著手機故意不接電話。等千騰慎掛了電話後，他又等了一分鐘，才給對方發訊息說自己剛剛在洗澡，沒聽到電話聲。

末了，左源又加上一句，外賣到了，他要去吃晚餐了，睡前再聊，以此斷絕千騰慎再打電話過來的念頭。

果然，有良好餐桌禮儀，從不在吃飯時打電話的千騰慎只叮囑了左源一句少吃外賣，就放過了他。

左源猜他應該也要去忙了。

下了捷運，跟隨導航再走十幾分鐘，左源終於抵達目的地。

對方的工作室位於住商兩用的商業大樓裡，房門口裝飾著工作室的看板，寫著「袁甜甜的魔法烹飪屋」。

或許是聽到了門外的聲音，左源還沒來得及按門鈴，屋裡的人就先一步打開了門。

身著居家服，栗色長髮的女孩上下掃了圈左源。「你就是叔叔說的，要來跟我學家常菜的左老師？」

「你好，我叫左源，和袁老師是同事。」左源連忙點頭。「他說妳要先看長相，再決定要不要教我？那……妳看我長成這樣，還可以嗎？」

女孩捂住嘴，被左源的話逗笑了。「哈哈哈，還可以吧。」女孩垂眸睨了眼左源的手。「至少你的手夠做我下次的影片素材了。」

「影片素材？」

「叔叔沒告訴你嗎？我在錄影片，正好需要一個手能出鏡的助手。你要學做菜，我要找助手，這不是兩全其美嗎？」

怪不得她說要人能過法眼她才教……左源恍然大悟。

原來人家在意的根本不是外貌，而是那雙能夠入鏡的、做菜的手。

「我叫袁甜，大家都叫我甜甜，怎麼稱呼你呢？左老師，還是？」

袁甜一邊說著，一邊側身，對左源做了個請進的手勢。

「左老師不敢當，我還沒過試用期呢。我叫左源，妳叫我名字就可以。」

跟著袁甜走進屋內，看到裡面的布置，左源頓時有股「不明覺厲」的感覺——寬敞的屋內放著攝影裝備和廚房用具。三臺單反相機被架在廚房的三個方位，鏡頭拍不到的角度安置著反光板，讓屋內的亮光集中到走入料理區域的袁甜身上。

她拿起擺在桌上的圍裙，繫上。「你學做菜是想自己吃，還是做給什麼人吃？

有沒有忌口或者口味傾向？」

「是想……做給我的戀人，他沒有什麼忌口……但是他很會做西餐，我肯定比不過他，所以我想學很快就能上手的中餐。至於口味，只要不是重辣的就可以。」

左源思索著千騰慎口味的細節，認真地回答。

他的話音剛落，袁甜又噗哧笑出了聲：「你果然有交往對象啊！」

「欸？」

「叔叔總跟我念叨新來的小同事人長得好，性格又有趣，還是從同所學校畢業的學生，過去教過小同事的老師都對他讚不絕口，特別適合拐來家裡做親戚。可惜就是不知道有沒有跟人交往，無論他怎麼動員大家一起套話，小同事就是滴水不漏，把他急得不行。」

「小同事」左源愣在了原地，一時間不知道該做何反應。

他以為是英語老師八卦，才整天問他有沒有戀人。搞了半天，幕後黑手竟然是專門附和、很少主動出手的袁老師？

「所以袁老師每次帶飯來，其實是想要引起我的注意？」

他的目的不是讓左源羨慕他有個會做飯的老婆，而是想讓左源透過愛心便當，對他那比老婆更會做飯的姪女產生興趣？

所以他的無動於衷才讓袁老師那麼著急？所以他今天的回覆才讓袁老師爆發了國罵？

細思極恐啊……

左源茅塞頓開，忍不住鼓起掌來。「這道閱讀理解題的套路可真多。」

「可不是嗎？」袁甜聳聳肩。「他總套不出你的話，就想讓我用廚藝來試探試探你的口風嘍！」

「原來妳問我要做什麼菜，也是套路！」

「嘿呀，我只是站在烹飪老師的角度問問題啦！」袁甜調皮地吐了下舌頭，笑得格外油滑。「不過你放心，你不是我的菜！我從一開始就只想找個手好看的助手。至於叔叔，你也不用擔心，你不想說的事，我不會多嘴的。」

「我不是不想說，只是時機不太對……」左源傻笑著撓撓頭。

老師們每次起鬨八卦的時候，他都在為別的事煩惱。

比如，擔心千騰慎要跟自己分手，考慮要不要靠做愛挽回。

再比如，想要看千騰慎穿裸體圍裙，考慮該怎麼操作。

在在比如，和千騰慎為愛運動了整個週末，覺得自己快虛脫……

左源自知不是聰明人，如果在那個狀態下坦白了有戀人的事，他多半會腦子管不住嘴，連帶著被問出正在想的、不該說的事。

「那你可得抓緊找個好時機了！畢竟左老師很可愛，難免會被誰盯上，要小心，別讓戀人不安哦！」

左源從沒想過千騰慎會不安。

相比之下，他覺得優秀又多金的千騰慎反而更容易被別人盯上，進而讓他感到不安。

不久前，他就因為害怕千騰慎要跟他分手而惶恐不安了好一陣。

好在疑慮都解決了。

袁老師那邊……等之後找個機會再公開說明吧。

現在他最需要思考的，就是這週要給千騰慎的驚喜。

左源把注意力放到料理臺上。

桌上有各種新鮮食材，都被清洗乾淨，按類別盛放在了不同規格的碗盤內。

「妳有符合需求的菜可以教我嗎？」

「要家常菜，口味清淡，又能讓新人快速入手……要不要試試火鍋？尤其是椰子雞，一共就三個步驟，簡單到難以置信哦！」

「我喜歡火鍋！」左源一秒就接受對方的提議。

「那就這麼決定了！正好我還沒有出過椰子雞的教學影片。」袁甜從一旁的置物架上抽出一條圍裙丟到左源懷裡。「你把西裝外套脫了吧。繫上圍裙，別弄髒衣服了。你這套衣服看起來就很貴，我可不會給你乾洗費！」

「……其實是妳叔叔讓我換身好點的衣服來的。我平時不穿這樣。」左源黑著臉脫掉外套，小心翼翼地掛到遠離料理臺的衣架上。「不瞞妳說，我上一次穿西裝應該是半年前。」

「真的假的？哈哈哈，萬一被你的戀人要是知道你特地穿正式的衣服出來見別的女孩子，小心跪洗衣板哦！」

「他沒有那麼小雞肚腸啦……」左源穿上圍裙，走到袁甜身邊。「等他知道的時候，就是我用廚藝征服他的時候！」

左源信誓旦旦地說道。

他算準了千騰慎的工作日基本不回家，而這幾天，足夠他學做菜了。

事實上，在袁甜手把手地教授了一遍椰子雞的做法後，左源便相當確信這是道新人能馬上上手的菜肴。

正如袁甜說的，一共只有三個步驟：

一、準備好雞和椰子。

二、煮沸椰子汁，加入雞和椰肉。

三、慢火煮三十分鐘，完成！

之後愛吃什麼就往裡面丟什麼，毫無技術難度！

左源記下了僅有的三條步驟後，又自己實際操作了一遍——除了醬汁酸辣度有個人喜好差異，兩個人做出來的火鍋味道幾乎一致。

「看吧！我就說這很簡單吧！」袁甜站在攝影機旁，一邊查看錄下的教學影片，一邊滿意地點頭。「廚房的布置和用具不同，也會帶來烹飪上的細微差異。你記下所有需要的食材，回家再試一遍，確定不會出錯了，就可以現場做給戀人吃啦！」

「好的，袁老師！」

經此教學，袁甜的形象在左源眼中變得比袁老師更加高大。

那一句「袁老師」叫得袁甜頭都抬高，背也挺直了，笑容也比剛見面時的要燦爛萬分。「不錯不錯，叔叔的小同事果真討人喜歡！你的袁老師不喜歡浪費食物，送你個打包盒，把你親自做的椰子雞火鍋帶回家當消夜吧。我再附贈你個我獨家祕製醬料，保準你吃撐到睡不著！」

「好咧！」

左源美滋滋地空手而來，滿載而歸，好心情一直持續到他打開家門，看到坐在客廳裡的千騰慎。

四目相對，盈滿笑意的臉驀地愣住。

「小、小慎，你怎麼回來了？」左源忙拿出手機查看千騰慎的訊息。「你沒有發訊息說今天會回來啊？」

「想給你個驚喜，就回來了。」千騰慎起身，帶著一股左源不知該如何形容的寒意走向他。「但沒想到，你也給我準備了一個驚喜？」

他身影像張網，背著光灑落到站在玄關處的左源身上，將左源牢牢地鎖在雙臂之間。

映入千騰慎眼中的男人更加慌張了，心虛地側開了頭。

千騰慎等了半天，才聽到左源支支吾吾地開口：「你……你是怎麼知道，我去給你準備驚喜的？」

「……啊？」這下換千騰慎愣住了。

然而眼前的人沒有注意到對方流露出的詫異。

左源眉頭緊蹙，抓耳撓腮，一副想不通的樣子。「沒道理啊……這件事除了袁老師，我誰都沒說，難道……小慎你認識袁甜或袁老師？」

「不認識。袁甜是誰？」

「就是魔法烹飪屋的美食部落客！」

回應左源的，是千騰慎不解的目光。

這下，兩個人大眼瞪小眼，都陷入了迷茫。

千騰慎頭痛地按住太陽穴。「等等，我們先把思路理一理。你穿成這樣，是去給我準備驚喜了？什麼驚喜？」

「就是這個。」左源提起手中的塑膠袋，露出裡面的椰子雞火鍋打包盒。「袁老師的姪女是美食部落客，我去找她教我做飯，想給你個驚喜。」

「做飯……要穿西裝？」

「袁老師說他的姪女要先看臉，再決定要不要教我，所以他叫我穿好看點去見她，但誰知道他的姪女根本不看臉，我穿了這身西裝去她那裡，反而遭人嫌棄。」

左源一五一十地全坦白了，末了又加了句：「你不知道嗎？」

「……我不知道。」

「那你是怎麼看出我去給你準備驚喜的？」話繞回到最初，左源的問題讓千騰慎啞然。

就在他踟躇著是否要坦白前，左源先一手握拳捶掌，恍然大悟地說：「我知道了！」

「你知道了什麼！」

「是我回你的訊息暴露了吧！」左源自我分析完，邊說邊頭頭是道地點頭。「嗯嗯，你那麼聰明，隨便推理一下我當時回你的話，就能猜出我有事在瞞你了。而我們之間需要隱瞞的，也就只有給對方準備的驚喜了。」

「……啊，對。你的訊息是很可疑……咳，所以我迫不及待地就趕回來了。」千騰慎移開視線，看向左源手上的椰子雞。「這是你今天跟人學做的菜嗎？」

「對啊！早知道你今天就回來，我就帶新鮮的食材回家了！這會兒超市都關門了……」左源懊惱不已。

他千算萬算，就是沒算到千騰慎會提早回來！

「要不……小慎你當作不知道這件事，改天你回來，我再親手烹飪一次給你看？」

「那就算是兩個驚喜。」眼眸中的寒意如冰化開，千騰慎貼到左源耳側，輕聲細語：「下次相見，我會好好欣賞你在廚房裡烹飪的樣子。今天，先讓我嘗嘗你第一次下廚的手藝。我還沒有吃晚餐。」

「好呀！」

一個驚喜，分兩次算，這可是天大的好事啊！

左源一口答應，手腳俐落地拿出碗筷，將椰子雞火鍋丟進料理鍋裡，一邊加熱一邊招呼千騰慎到餐桌旁坐下。

「雖然這是我第一次動手做飯，但味道絕對和老師教的一模一樣！」

從千騰慎拿起碗筷起，左源就用充滿期待的目光緊盯著他，滿眼都寫著「快誇我！快說今天的驚喜是我贏了」，意念強烈到千騰慎無法忽視。

笑著將微甜的雞湯喝下肚，感受著蔓延向四肢的暖意，他如左源所願地點下頭。「這次是你贏了。我被你的手藝俘虜了。」

「哈哈哈哈哈哈，誇張了、誇張了！我也就是在烹飪上有一點點點的天賦吧！」嘴上說著只有「一點點點」的天賦，左源卻張開雙臂，比劃出的可不是「一點點點」的距離。

「對了，小慎你準備的驚喜是什麼呀？」

「只是很普通的小東西。」悠哉悠哉地喝完碗裡最後一口湯，千騰慎放下碗，從口袋裡掏出一個巴掌大的天鵝絨方盒子，打開、推到左源面前。

裡面赫然是一枚男士鉑金鑽戒，樣式非常簡單。銀環上嵌著一顆與它環寬幾乎齊平的鑽石。

在光線的照耀下，左源隱隱約約地看到了戒指表面上的暗紋和刻在戒指邊緣的字母，是兩個人名字的縮寫。

「居然把鑽戒說是普通的小東西，真不愧是你啊，小慎……上一次你送我戒指時，也是這麼說的。」

沒錯，這不是千騰慎第一次送左源戒指了。

在兩人確定關係後，左源剛上大一那陣子，千騰慎就送了他一枚戒指。

對那時沒有工作、沒有存款的左源來說，千騰慎口中的「小東西」可是比他最貴的家當還要金貴。

左源只戴了幾天，同時也被身邊的同學盯著看了好幾天。

身上從來沒有佩戴過貴重物品，左源總是擔心自己會弄丟戒指，連籃球也不能放開手打。

最後他和千騰慎協商，把戒指收了起來。

——說起來我把那枚戒指收哪了？

左源陷入沉思。

似乎自從兩人同居之後，左源就再沒在家裡見到過它。也正因為太久沒見，左源差點忘了自己還有一枚戒指了。

一瞬間，他不敢抬頭去看千騰慎。

「別想了，那枚戒指我收起來了。它的尺寸已經不適合你戴了。」一眼就看穿左源的尷尬，千騰慎說。

他牽起左源的右手，將新買的鑽戒慢慢地推入中指。「幸好這枚尺寸估算得剛好，不用去換。」

說完，千騰慎低頭，在中指上落下一吻。

柔軟而溫熱的唇瓣灑落在肌膚上，左源不自覺地輕顫了一下，面頰登時透出潮紅。

「我知道你不喜歡身上戴貴重物品，但這是我給你的驚喜。答應我，就戴幾天，好嗎？」

「好啦，這次我肯定會好好戴著的。」時隔四年，長大的左源肯定不會因為戒指太貴而不敢戴在身上。

「也就你，會把鑽戒當作日常小驚喜來送，還輸給了一鍋湯。」

但他不會因為戒指昂貴而讓出這次的勝利。

左源湊近到千騰慎面前，回吻了下他的唇。「你都送我兩次戒指了，你說我是不是也該送你一次呢？」

「你是在預告我未來會收到的驚喜嗎？」

「那你得好好等著了。以體育老師的薪水，想買一枚鑽戒可沒那麼容易。」想到每月匯入薪水卡的金額，左源嘆了口氣。「我得讓這枚戒指變成一個穩贏的大驚喜才行，至少不能輸給一鍋湯。」

「放心，只要是你送的，就算是易開罐拉環，我也願意戴著。」

「哪能讓你這位大少爺戴易開罐拉環啊。那就不是驚喜，而是整人遊戲啦。你的員工會嚇到的。」

「我不在乎他們怎麼想。我只在乎你想什麼。」學著左源方才的吻，千騰慎輕聲細語地緩慢啄吻著左源，從臉頰到唇角，再到唇瓣上。

再度戴上戒指的手被千騰慎裹入掌內。

「這次別再摘下來了。」

「知道啦！」

答應千騰慎時，左源沒料到自己戴戒指這件事，會在第二天引起那麼多人的驚訝。

先是高一的教職員辦公室，眼尖的英語老師從左源走進辦公室，就注意到了他手上多出來的戒指。

「哎哎哎，左老師你戴戒指啦？」英語老師一出聲，其他人的目光也跟著集中到了左源身上。

其中就包括昨天才把姪女介紹給左源認識的袁老師。

左源撓撓頭，反應過來現在正是宣布戀情的好時機。

今天他的腦袋裡沒有想什麼不能說的東西！

他趕緊順勢回答：「對啊。戀人昨晚送的。」

化學老師定睛，說了個左源不認識的品牌名字：「這戒指價格不菲啊……」

「我也想要個會送我戒指的戀人。」數學老師放下紅筆，悠悠的感慨。

袁老師沒說話，愣了幾秒，然後低頭敲起鍵盤。

不一會兒，左源就收到了訊息，但不是袁老師的，而是袁甜的。

昨天分別後，兩個人交換了聯絡方式。袁甜表示等影片發了後，會分享連結給左源。

但這會兒她發來的不是影片連結。

【甜甜：看看我昨天說了什麼！你才出來見我一面，你戀人今天就讓你戴戒指出來！這不是吃醋是什麼！】

【原諒色：戒指的事是袁老師告訴妳的？】

【甜甜：嘿呀，不要在意這些細節嘛！我都跟他解釋啦，以後你們就是純潔的同事關係。】

【甜甜：快說！你女朋友是不是吃醋了，讓你戴戒指宣示主權呀！】

【原諒色：只是巧合啦。昨天他正好回來送我戒指。】

【原諒色：我和你的事他也沒吃醋。你教我做的椰子雞火鍋，他吃得很開心呢。讓我下次當著他的面再做一次。】

【甜甜：……他？原來是男朋友啊！】

【甜甜：朋友，你在上面，還是下面呀！】

左源：「……」

話題從戒指歪到了古怪的地方。

左源瞅了眼甜甜發來的好奇表情圖，當機立斷地關掉了對話方塊。

他抬頭再看袁老師，對方短暫的尷尬了一秒，清清嗓子說：「戒指選得不錯啊，有結婚打算了嗎？」

「這個嘛……」左源一時間答不上來。「我還沒想過……」

他只談過這一次戀愛。他喜歡和千騰慎生活在一起的感覺，如果要結婚，他當然也只會選擇千騰慎。

但結婚的事，左源還沒有想過。

幾個月前他還是個學生，只要通過考試、找到工作，每天都和千騰慎一起過得開心，他就心滿意足了。

現在問題被袁老師提了出來，左源才後知後覺地發現，自己已經到了需要考慮結婚的年紀！

收了戀人的戒指，卻絲毫沒有想要結婚的打算，甚至在被同事問起後，露出了驚愕的表情——左源這一系列的表現，立刻被老師們揶揄著蓋上了「渣男」的標籤。

不只是老師，這些八卦僅花了半天就傳到了學生之間。

轉眼間，學生們看左源的目光都變了。

一些學生甚至在體育課的自由活動時間圍到左源身邊，七嘴八舌地追問：

「老師！你是不是把你的戀人當作冤大頭呀？」

「你難道是不婚主義嗎？」

「想不到左老師有潛在的渣男屬性啊……」

「老師你女朋友長什麼樣呀！」

……

左源一個頭兩個大，甚至開始認真地反思，他對千騰慎的態度是不是真的有點渣。

但讓他更頭痛的是——這世上沒有不透風的牆，也沒有不流通的八卦，當天下班前，左源收到了一條訊息。

【Dawn：新工作怎麼樣啊，小姪子！】

短短十個字，足以令左源正襟危坐，如臨大敵。

來信人左黎，只比左源大了十一歲的親叔叔，為人極其惡魔，以坑死親姪子，也就是左源為樂。

從小到大，他給左源挖的坑兩隻手都數不過來，但左源卻拿他一點辦法都沒有。

因為左黎手中握有一堆關於左源的黑歷史，從小到大，應有盡有。尤其是左源中二時期留下的、丟人至極的混混照片。

那玩意兒如果被曝光，左源不敢想像身邊的人會拿怎樣的目光看待自己。

高中時期，左源曾不幸成為左黎的學生，當時左黎就沒少拿他的中二照片要脅他做自己的眼線，上報班中所有人的祕密、八卦，以便左黎管理班級。

左源也因此一度險些成為全班同學最厭惡的人！

這會兒左黎發來的訊息，雖然從字面上來看，是在關心左源的近況，但只要再多深思一秒，就不難看出古怪之處——左源這都成為社畜快兩個月了，期間為免家人擔心，他沒少在家庭聊天群組裡表示最近一切順利。

如果左黎真的關心他的工作情況，直接在群組裡開啟話題就可以了，又何必私下敲他？

左源敢打賭，他肯定是最近缺樂子了，透過前學校同事間流通的風聲，聽到了什麼關於姪子的話題，所以來找他快樂一下。

果不其然，時隔一分鐘沒有得到左源的回應，左黎緊接著又發來一條訊息。

【Dawn：最近和千騰慎那小子處得還順利嗎？我聽說你今天戴著戒指來上班？】

左黎若問人過得順不順利，心裡期待的肯定是「不順利」的答覆。哪怕他知道了戒指的事。

左源磨磨牙，手指飛快地敲出兩條回覆：

【原諒色：還不錯。】

【原諒色：你和戴老師呢？新學校如何？】

話題被左源巧妙地轉到了左黎和戴晉言身上。

聊天框對面，原本還處於「正在輸入狀態」的人沉默了。顯然是被問到了不想回答的問題。

動動並不聰明的小腦瓜，左源猜測讓左黎沉默的關鍵字應該「戴老師」——戴晉言。

他是左源高中時期的數學老師，也是左黎相識多年，從學生時期就形影不離的朋友。

就業後，兩個人更是一同任職於菱東高中，教授同一個班級，住同一間寢室，他在左黎身上栽過的坑沒比左源少。

多年以來，左源都把戴晉言視作同病相憐的夥伴，直到大四的某天，他在街上看到戴晉言和左黎並肩走入情侶旅館，開了一間房……

愣在情侶旅館門口，左源抽出手機，把八卦分享給了仍在加班的千騰慎。

然而千騰慎一點都不驚訝。「很明顯，你的叔叔喜歡戴晉言。他看戴晉言的目光，和我看你時的目光幾乎一樣。」

「那戴眼鏡呢？他看左黎的目光也和你的一樣嗎？」

千騰慎不說話了，左源等了半晌才聽到他說：「也許……他被左黎握住了什麼把柄吧。像你那樣。」

言外之意，戴晉言看左黎的目光是沒有分毫愛戀的。

「當然，畢業後我就沒有再見過戴晉言了。也許後來他對左黎的感情變了。」

千騰慎謹慎地又補充了一句。

但無論真相如何，左源都不敢去問。

收到菱東高中的 offer 後，左源以為從此他和左黎、戴晉言就是同事，身處同一所學校，總能窺看一二。

可誰知道，左黎和戴晉言在左源入職前同時離職，跳槽到了另一所高中。

左源不知是該慶幸自己的工作生涯不會受左黎的要脅，還是嘆息到嘴的八卦就這麼飛走了。

【Dawn：這麼關心叔叔？那今晚要不要來喝一杯啊。】

他正思索之間，左黎已換上了遊刃有餘的姿態。

直覺告訴左源，他又要給自己挖坑了。

【原諒色：今晚就算了吧！今天我有點事。】

【Dawn：我聽說，你每天一下課就走，跑得比學生還快呢。】

【原諒色：……】

【Dawn：你今天從下午起就沒有課吧？】

——究竟是誰出賣了我！連我的工作日程都匯報給了左黎！

左源猛地抬起頭，警惕地左右張望。

就是這本能的行為，讓左源失去了第一時間拒絕左黎的機會，等他再低下頭看訊息時，左黎已經把晚上要去的酒吧資訊都推送了過來。

【Dawn：這家店離菱東不算太遠，校門口有公車能夠直達。我們就約今晚七點見吧。】

【Dawn：之前離職得太匆忙，我忘記註銷菱東論壇的帳號。如果你遲到或者不來的話，叔叔就只能上論壇發發帖，排解無聊了：）】

【Dawn：大家現在一定對你戀人的八卦很感興趣吧？】

言外之意：如果你不來，我就把你和千騰慎的事發到你工作的學校論壇。

多麼惡毒的人啊⋯⋯

左源捶胸頓足，滿不情願地回了個「好」。

然而得到了左源的同意後，左黎還不滿意，他又補充一句：

【Dawn：對了，酒吧禁止未成年入內。記得換身成年人的衣服再來啊！】

左源：「……」

所以說，大家對他平時的穿著究竟有多嫌棄！

非常男子高校
UNUSUAL
HIGH
SCHOOL

非常男子高校

Unusual High School

☆男上加男，人生好困男☆

第六話：有些酒是不能喝的

沉浸在不想去的情緒中，晚上六點五十五分，左源提早了幾分鐘來到了約定地點，一家位於街角的酒吧。

比起街上其他正處於營業高峰時段的餐廳，這家酒吧的店門口顯得冷清不少。透過窗戶，左源幾乎沒有看到什麼客人。

可等他推開門、走進店後，卻立刻就捕捉到了向他射來的視線！

一二三四五……這間酒吧內，至少有五、六個人從各個方位看向了他。

——什麼情況？我身上有什麼奇怪的東西嗎？

左源睜大眼睛，低頭快速地掃了眼身上的衣服。

他想到了某些有著裝要求的西餐廳。

——但我沒聽說酒吧也有得穿正裝才能進的規矩？

左源越發丈二金剛摸不著頭腦。

好在，這份迷茫的尷尬沒有持續太久。

正在擦拭吧檯的紅髮男子親切地和左源打招呼：「晚安，面生的客人。你是第一次來嗎？」

「對。我的朋友約我來這，他姓左。」

「左？啊……你是說左黎嗎？」

「對對對！」左源立刻對這說出左黎名字的男人產生了親切感。他三步併作兩步走到吧檯。「他有預約座位嗎？」

「他告訴我今晚他有朋友要過來。讓我預留兩個吧吧檯位置給你們。」

「吧檯？」

左源看看只有紅髮男人站崗的吧檯，又看看其他沒有放置預約標誌的桌位，不解地皺起了眉頭。

在他的認知裡，一般只有當店裡沒有多餘的座位時，人們才會選擇吧檯這種私密度較低、空間也不是很寬敞的位置。

但現在不是酒吧的高峰營業時段，店裡空著的位置明明還有很多。

看出了左源的困惑，紅髮男人笑著倚到吧檯桌邊，靠近左源。「你的朋友不管帶誰來這，都會預約吧檯。坐在這裡，會遇到有很多有趣的事哦。」

「哦？」左源嗅到了八卦的味道。他也靠上桌子另一邊，與男人對視。「左黎在這，有發生過什麼事嗎？」

「這可太多了。」

「比如？」

「比如有一次他——」

「小姪子對叔叔有那麼多好奇，怎麼不親自問我呢？」似笑非笑的聲音從左源身後響起，截斷了紅髮男人的話。「你說是不是呀，店長？」

身後人的影子就像一張網般落下，牢牢地蓋住了左源。

左源不爭氣地慌了神。

他睜大眼睛，醞釀了兩、三秒才敢回頭。「晚、晚安呀，叔叔。」

比左源大了十一歲的左黎如今已是三十出頭。高中時，左源站在他身邊，一眼就能分辨出他是大人，左源是學生。

如今七年過去了，左源也成為了社畜，但左黎的外貌十幾年如一，穿著一身騷氣的淡粉色襯衫和純白西裝褲，搭配十分襯膚白的淡金色髮，時間卻沒有在他身上留下任何痕跡。

如今的左源站在他身邊，說左黎是他哥哥或許都不會有人懷疑。

左源轉眸，果然在紅髮男人眼中讀到了一絲詫異。

他沒有想到兩個人是叔姪。

「老樣子，給我一杯威士忌。」熟練地坐到吧檯座位上，左黎對傻站在一旁的左源揚了揚下巴。「你呢？」

「莫吉托吧……」左源瞥了眼桌旁的酒水單回答。

「這麼清淡？平時沒有經常和千騰慎喝酒嗎？」

「嗯，不常喝。」

千騰慎因為工作需要而鍛鍊起來的酒量，不是左源比得過的。

兩人每次喝酒，最後都是以左源爛醉在床上，任由千騰慎這樣那樣告終。

左源清清嗓子，無視腦中一堆玫瑰色的畫面，故作鎮定地說：「小慎他不喜歡喝酒。」

反正左黎是不可能去找千騰慎求證的，就讓左源在左黎面前保留最後的顏面吧！

左黎點點頭，不知是信了，還是沒放在心上。「工作呢？還適應嗎？」

「體育老師的工作不是很麻煩，老師們也都有照顧我。」左源乖巧地回答完，又把話題轉移到左黎身上：「你呢？戴老師怎麼沒有來？」

「呵……」左黎的輕笑聲中雜糅著一絲嘲諷。「他今晚有事。」

短短五個字，意味深長。

左源抵著手中的酒，回味著左黎的話，腦內冒出了之前沒有的思路——

許久不「關心」我的左黎突然問候我，也許不是想要坑我，而是他和戴晉言之間恰好發生了什麼，所以……他才來找我解悶？

「戴老師今天要加班嗎？」左源小心翼翼地問。

「算是吧。」長睫毛半垂下，灑落一大片陰影，遮蔽住左黎的目光。

這憂鬱的模樣，可謂我見猶憐，極具欺騙性，剎那間就讓左源忘了眼前的人是坑他千萬次的魔鬼。

濫好人精神上線，左源忍不住靠近左黎，放輕聲音關切：「你和戴老師吵架了嗎？」

「吵架不是很尋常的事嗎？」左黎沒否認，一句輕描淡寫的反問坐實了左源的猜測。「你和千騰慎之間難道就不會吵架？」

左源撓撓頭。「還真沒吵過。」

「怎麼可能不吵架？兩個人住在一起，難免會遇到不合拍的事吧？」

「沒有不合拍的地方。小慎會的我都不會，我會的……小慎都會。」換而言之，左源活在千騰慎的照顧下，日子過得很好，沒有任何不滿。

沒有不滿，自然也就不會發生爭執。

「他這是在跟你談戀愛，還是把你當兒子在養？」左黎聽到這，憂鬱的表情更加陰沉了。「所以你們談了那麼多年，一次分手危機都沒有？」

「啊！這個有！」雙目驟然亮起，左源嘴不過腦、搶先回答，手也忍不住舉了起來。「就在不久前，我還因為跟他連續兩週沒有聯絡，擔心他會跟我分手呢。但好在最後證明是我想太多了，小慎只是工作太忙。」說完，覺得少了點什麼，左源緊接著又補充：「所以、所以，戴老師肯定也是工作太忙了。畢竟數學老師是個壓力很大的工作。」

可左黎根本不接戴老師的話題。

就像捕捉到了破綻，他瞇起眼睛。「你怎麼知道千騰慎是真的工作忙才沒搭理你？就算工作再忙，也不可能忙到整整兩週都沒空回覆你吧？」

「這個嘛……」左源心虛的移開了視線。「因為那兩週，我也忘記發訊息給小慎了。」

「原來膩了的人是你啊。」

「沒沒沒沒！我沒有膩，這都是誤會！」左源比手畫腳，求生欲滿滿地解釋：「我那陣剛到職，工作啦、遊戲啦、這樣那樣啦……很多事嘛，所以我才忘記要和小慎聯絡！但我已經跟小慎認錯了，我們的感情依然很好！」

「也許他心有芥蒂，但他不說呢？」左黎換個角度繼續追問。

「不可能啦，我和小慎之間是沒有祕密的！」左源想都不想地反駁。

再羞恥的話，只要是千騰慎想聽的，他也都說出口了。

還有什麼祕密是不能說的？

「你不用擔心我和小慎啦，我們現在感情很好。不僅如此，我們現在每次見面還會給對方準備驚喜。這樣即使是在分開的時間裡，也會一直想著對方，想著見面後要給對方什麼。」說到這，左源忽然腦中靈光一閃，自認為想出了絕妙的主意。「對了，你要不要試著給戴老師準備一個驚喜？」

「驚喜？」尾音在嘴中轉了一圈，化為唇角揚起的笑意，左黎問：「你是指什麼樣的驚喜？」

「像是送戴老師他喜歡的東西？」

「你給千騰慎送了什麼？」

「這個嘛……」

左源為了挽回自以為的戀情危機，買了一箱保險套和潤滑液。大概能一直用到兩人都把這事忘掉。

當然，這話他是說不出來的。

「就是日用品啦……你要是想不到戴老師喜歡的東西，還可以籌劃一場雙人旅行？既可以緩解工作上的辛苦，還能培養一下感情，除了會花一些錢，就沒有缺點。」

「嗯……旅行的確是個很不錯的提議。」嘴上說著建議不錯，但左黎眼中沒有絲毫感興趣的光芒。

他一眨不眨地盯著左源，捕捉著他說話時的每個細微表現。

但左源沒有注意到。

「我知道有家溫泉旅館很不錯！」他興匆匆地拿出了手機。「我問問小慎，上次我們去的是哪一家！」

「這個不急，晚一點你再發給我吧。」左黎按住了左源的手，順勢奪過手機，放到一旁，然後他抬起酒杯，隔空對左源做了個乾杯的手勢。「我們先喝酒。」

說罷，左黎一口飲盡，玻璃杯「咚」地落在了吧檯上。

「到你了，小姪子。」

「欸？」

「你盯著我看幹什麼？」左黎反手倒置空酒杯，朝左源晃了晃。「乖，陪叔叔喝一杯。」

思緒還留在驚喜的話題上沒轉過彎來，說不清是吧檯昏暗的燈光作祟，還是左黎的眼神太具有蠱惑性，左源愣愣地拿起了酒杯。

等他意識到不對勁時，冰涼的雞尾酒已灌入喉嚨。

酒精幻化成一層紗，籠罩住了大腦，模糊了才冒出頭的「不對勁」。

「酒量還不錯嘛，小姪子。來來，陪叔叔再喝一杯。」

「不行了，我有點暈……」左源按住頭，使勁地晃了晃。

「一點而已，沒事啦！再喝一杯就清醒了！」左黎睜眼說瞎話，他壓根不等左源反應過來，就往對方手裡塞了一杯酒精濃度更高的雞尾酒。「這是店長最得意的作品，很好喝哦！你嘗嘗！」

聽見左黎提到自己，紅髮男子禮貌地朝左源點點頭，眼中帶著幾分試探。彷彿只要左源向他求救，他就可以幫他換成白開水。

可惜，酒精上頭的左源沒有注意到。

左黎側身，擋住紅髮男人和桌上嗡嗡震動起來的手機。

酒吧內的音樂恰好蓋住了來電的聲音。

左黎托著左源的手，將杯沿送到他的嘴邊。「你都看出來我今天心情不好了，你想讓我一個人喝悶酒嗎？」

「……」

「啊……當然，我也是可以習慣一個人喝悶酒的。你不用勉強陪我……」見左源不接招，左黎的語氣忽然變得柔弱，他側頭做出悲傷抹淚的姿勢。「沒關係的，我可以理解你不想喝。我喝就行了。」

「呃！」

左源對這種表面善解人意，實際充滿情感壓迫的話最沒轍了！眼瞧著左黎拿起酒杯就要喝，左源急忙攔了下來。「我喝！」

「你不是不想喝嗎？沒關係的，不用勉強……」

「沒有勉強！我超想喝的！」

說罷，左源端起酒杯，一口氣喝個精光。

暈眩感更強烈了。

他眯起眼睛，想要看清面前的左黎。可這一看，左源傻眼了。「你、你怎麼變成了三個！」

「三個左黎」占據左源前方的三個方位，帶著狐狸一般狡黠的笑容，往他手裡塞酒杯。他的聲音飄在半空中，時近時遠地念著「再來一杯！」、「再來一杯！」……

手腳彷彿都不是自己的了。

縈繞意識的醉意不斷蒸騰，逐步喪失判斷能力，除了聽從耳邊的聲音，將手中的酒一杯杯地灌下肚……

不一會兒，左源就被左黎灌倒。

……

「你可沒跟我說，你約了左源來喝酒。」站在吧檯前，戴晉言看了一眼醉如爛泥的左源，頭痛地捂住了額頭。

「你難道不該慶幸我找了他來嗎？親愛的，你放心我一個人來這喝酒？」沒有絲毫的愧疚感，左黎昂首，用餘光掃了圈店內。

從左源和左黎進店後，就有不少視線藏在暗處觀察著他們，要是兩人分開，應該用不了多久就會有人靠過來。

戴晉言按住頭的手更用力了。「我只是額外多上了兩節補習課……這次高一月考成績不是很理想，昨天你不也加班了嗎。我可是坐在辦公室裡，一直等你到晚上九點。」

「你在怪我今天沒在學校等你嗎？」左黎瞇眼。

「沒。」戴晉言頓時虎軀一震。「我的意思是，冰箱裡都是你買的酒，回家喝不好嗎？」

「放心，我沒喝多少，我們可以回去接著喝——用你喜歡的方式。」左黎湊近到戴晉言的耳邊，吹了口氣。

緋紅色即從微黑的肌膚中透了出來。

戴管言輕咳一聲：「回去之後哪還有時間喝酒。現在都九點多了，等把你姪子送回家，我們就差不多該睡了。明天還要上課。」

「我說過要送他回家嗎？」

「……哈？」戴管言一愣。「我們不送他回去，難道把他丟在這嗎？」

「對呀。」

「……他是你姪子。」

「嗯，我還沒喝醉呢，認得人。」

「你放心他一個人待在這？不，我的意思是……」

「放心，我的姪子，我最瞭解了。」左黎說得坦蕩。「剛剛他還在擔心我和你有矛盾呢。我只是告訴他你在加班，他就自己腦補出了很多戲。為了不讓他感到尷尬，我可是忍笑了好半天，配合他的幻想。沒有比我更善解人意的叔叔了。」

戴管言：「……」

以他對左黎的瞭解，左黎說的話，他一個字都不會相信，「善解人意」這種褒義詞，更是不會和他有一分一毫的關係——左源會誤解兩個人的關係，肯定是他故意誘導的。

至於目的……

「多虧他腦補過度，我聽到了不少有趣的事。」說到這，左黎雙眸中浮現危險的光芒。

左黎拿起被他擱置在一旁的左源的手機。

從他發現有來電起，不過一個小時，未接電話已經累積了十七通，還有二十幾條訊息，全是來自署名為「慎」的人。

不用想也知道是誰。

「才一會兒沒聯絡上就心急如焚的傢伙，怎麼能忍耐住兩週不聯絡呢？呵呵……小姪子，挑著時機送你戒指的人，心裡可不會真的毫無芥蒂。看在你還算聽話的分上，讓叔叔我再來幫你上一節課吧！」

藉著左源的手指解鎖手機，左黎將手機遞給站在吧檯後，不停觀察左黎和戴晉言的紅髮男人。「這個就麻煩你保管啦，店長。」

「交給我，萬一我把手機藏起來怎麼辦呀？」紅髮男人笑了。「你的小姪子長了一副討人喜歡的樣子呢。我和幾位客人從他進店起就對他產生了興趣。」

「那麼你們可要小心點了，他和他的戀人，都不好惹哦！」意味深長地看了紅髮男人一眼，左黎挽住戴晉言的臂彎，拖著他就往酒吧外走。

嗡嗡嗡——

手機再度震動了起來。

紅髮男子看看鍥而不捨的來電顯示，惋惜地嘆了口氣。「那也得看看，是多不好惹呢。」

意識再度上線時，左源最先感到的是頭暈，然後是全身彷彿灌了鉛一般的沉重感，再然後，他聽到了有人淋浴的聲音。

奇怪……為什麼能聽到洗澡的聲音呢？

左源想到他和千騰慎兩人居住的房子，浴室在走廊對面。平日即使不關臥室的門，也聽不到浴室內的聲響。

嘩啦啦……

但水聲仍在持續，勾著心底的困惑，讓左源在意得不行。

他費了好大的勁才撐開眼皮，將周身的一切收納於眼中——這會兒，他正躺在一張純白的雙人床上。房間的布置非常陌生，大腦慢了好幾拍才反應過來，這是酒店。

——原來我在酒店啊……怪不得能聽到浴室的聲音。

——等等，我怎麼會在酒店？

左源雙目驟縮，身體猛地彈坐起來。蓋在身上的被子滑落了下來，左源看到了自己什麼都沒有穿的身體。

「呃！」心跳驀地漏了一拍，亂了節奏。

左源抓起被子重新蓋到身上，扭頭看向傳來水聲的方位。

浴室就在距離床不到三步路的地方，由兩塊磨砂質地的玻璃夾住牆角，圈出一塊區域，隔音自然不會好。

透過磨砂門，左源只能隱隱約約地能看到對方的身影。

首先，浴室裡的人的身體曲線不是很凹凸有致，應該是男人。

但不是左黎。

左黎沒有裡面的人那麼高。

左源認識的人裡，只有千騰慎符合。

可是千騰慎怎麼會跑來跟他一起住酒店？難道是我醉了之後，左黎叫了他嗎？

直覺告訴左源，左黎可不會這麼好心。

而且透過磨砂玻璃糟糕的可視度，左源發現對方的頭部透著紅色……

可是千騰慎一直以來都是純粹的黑髮！

呼吸不禁凝固了。

——如果浴室裡的人不是千騰慎……那會是誰？

——他為什麼要扒光我的衣服？又為什麼要在浴室裡洗澡？我們很熟嗎？我喝醉後發生了什麼？

思緒像是散開的毛線，亂成一團。

左源四下胡亂張望，想要找到一絲可以把思緒重新串聯起來的線索，但他眼前既沒看到手機，也沒看到自己的衣服，更沒有對方的衣物。

這讓赤裸的他這會兒就算是想趁機跑路，也做不到！

左源越想越慌。

六神無主間，水聲戛然而止。

浴室裡的人抄起浴巾，擦著身體，走到磨砂門前。

嘩——

在磨砂門被移開前，不敢去看對方是誰的左源揪住被子，一頭鑽進了被窩。

——我現在裝睡還來得及嗎？

——或者趁對方不注意，一會兒我反撲起來將他打暈，再逃跑？

——不對！我現在為什麼要這麼慌？

左源嚥了口唾沫。

高高鼓起的被子就像饅頭一般微微顫動，這無疑是掩耳盜鈴的行為。屋內的人再傻也看出左源醒了。

下一秒，埋在被子裡的左源感到床鋪往下一沉，對方在他身邊坐了下來。

他隔著被子，附身抱住了裹住被子、蜷縮成大福狀的左源。

——他抱我幹什麼？

——難、難道……他也喜歡男人？

喝醉酒，和陌生的同性去了酒店，還抱在了一起……這要是被千騰慎知道，左源只感到一陣可怕！

被子外的人並不滿足於只隔著被子擁抱左源，一隻手隨後從被子邊緣探進了被窩，摸索著落在了左源的腹部！

「操！」這下左源再也忍耐不住了。

他從被子裡一躍而起，拿出自己最自豪的手速，一把揪住對方伸進被子裡的

「爪子」，另一隻手則向對方的後頸襲去——

啪！

手腕被對方一把握住。下一秒，左源被對方按回到床上，手順勢被按在了頭上方。

背對著燈光，對方的影子連同不悅的質問，居高臨下的蓋住了左源。「搞什麼？」

與再熟悉不過的紫眸對上視線，左源這才看清對方的模樣。「……小、小慎？怎麼是你？」

「不是我，你覺得會是誰？」千騰慎瞇起眼睛，目光銳利地鎖定左源，握住左源的手跟著收緊。

左源吃痛地倒吸了口氣，連忙解釋：「我剛剛透過浴室門，看到裡面的人頭髮是紅色的……」

「你是說這個？」千騰慎扭頭，睨了眼被他丟進床邊垃圾桶裡的浴帽。上面還淌著水，顯然是剛被用過。「我怕頭髮溼了，用吹風機的聲音會吵醒你，就戴了浴帽。」

「原來是浴帽啊……」吊起來的一口氣緩緩落了下來，左源感嘆道：「我錯怪左黎了。」

「關左黎什麼事？」

「不是他找你來接我的嗎？」

「他把你丟在酒吧，自己跑了。是酒吧店長接了我的電話，讓我來接你。」

放開左源的手，千騰慎低下頭，把腦袋埋進左源的頸窩裡。

左源聞到了從他身上散發出的酒氣，和沐浴乳的味道混在一起，有股說不清的陌生感。

「你喝酒了？」左源問。

千騰慎輕笑一聲，鼻息吹落在碎髮間，撓得敏感的頸部隱隱作癢。「灌了我那麼多杯酒，你倒好，轉頭全忘了。」

「我……灌你酒？」左源難以置信。

「對啊，嚷嚷著我不喝你就不走，我能怎麼辦呢。」

「呃……」

順著千騰慎的話，左源隱隱約約想起了一些模糊的片段，就像失焦的鏡頭，在昏暗又吵鬧的環境裡，混亂的晃動著、記錄著。

鏡頭中的人正是千騰慎，穿著他再熟悉不過的西裝三件套，一絲不苟的樣子和酒館的氛圍格格不入。

他看著鏡頭，似乎是在呼喊左源的名字，但耳朵沒能接收到任何聲音。左源只看到一隻手握著酒杯往千騰慎懷裡塞。

千騰慎沒轍，只能嘆口氣，接過酒杯，仰頭喝光。

鏡頭隨之晃得更厲害了……莫名的興奮充斥大腦，左源看到一杯又一杯的酒被塞進千騰慎手裡。

不一會兒，吧檯上就都是他喝完的空酒杯……

——原來……這不是夢嗎？

想到這，左源瞪圓了眼睛。

「想起來了？」

「就、就想起來了一點，哈哈……」左源心虛地乾笑。「我應該沒讓你喝很多吧？」

「十一杯，有一半都是烈酒……」

「……你都喝了？」

「不喝你就不跟我走。」話音在頸部和枕頭間散開，聽上去輕輕的，像是嘟噥，又像是撒嬌……

撒嬌？

左源被腦中冒出的兩個字嚇了一跳。

他才注意到，這會兒千騰慎和他說話的狀態很不對勁——

他以前不會說那麼多的話。

至少不會像現在這樣，左源問一句，他就答一句，一邊說一邊黏著他，乖巧得不可思議。

他……是不是喝醉了？

左源忍不住地猜想。

從沒見過千騰慎喝醉，左源的興致一下子就被提了起來。

左源戳戳窩在他肩膀處的男人頭髮，試探著問：「你是喝太多了，才帶我來酒店嗎？」

「嗯。」臉頰貼著頸部輕微地蹭了兩下，千騰慎將雙腿也糾纏到左源身上。「太多人看著你了。家太遠，不想讓更多人看到你喝醉的樣子。」

「他們看的人是你吧？」

「如果今天我沒有發現你又出門了，這會兒和你一起躺在這的人，就不是我了。」

「你想太多啦！」

「從高中起，就好多人盯著你。但他們太蠢了，只有我看清了自己的心。」

說到這，千騰慎收攏擁抱住左源的雙臂，讓自己可以更緊密地與左源裸露在外的肌膚相貼在一起。

這瞬間，左源被勒得有些喘不上氣了。他只能拍拍千騰慎的後背，安撫對方：「這次也被你搶先啦……就像昨天，你一眼就猜出我去給你準備了驚喜一樣！我們簡直是心有靈犀！」

「那是我恰好看了監控……你不說的事，我怎麼可能猜得到。」

左源一愣。「監控？」

「嗯……出差前裝的，之後忘了摘下來。」

「等等！哪次出差前？又裝在了哪？」這話題的展開完全超出了左源的預想，他一把捧住千騰慎的臉，讓他直視自己。

陷入醉意的千騰慎沒有意識到自己暴露了多大的祕密。

他看著左源，無聲地啟脣，回給他一個燦爛無比的笑容。

左源認識千騰慎這麼多年，只見過他克制無比的笑容，最多只有脣角上揚微不足道的一點弧度。像這樣露出潔白牙齒的標準笑容，左源從沒見過！

一不留神，他就看入迷了，差點吻上去！

「咳，你別笑。」左源忙伸手擋住千騰慎的笑，防止自己的色心繼續膨脹。「快回答我的問題。監控是什麼時候裝的，你又為什麼要裝監控？」

絲毫沒有要收斂笑容的自覺，千騰慎貼近左源的手掌，輕吻起掌心。「就是上個月，我出差兩週沒和你聯絡那次……攝影鏡頭裝在客廳頂部，正對玄關的位置。」

換而言之，只要千騰慎想看，左源每次進出家門、在客廳裡幹了什麼，他都能看到。

「至於為什麼要裝監控……」千騰慎抬眸，意味深長地看了左源一眼，紫眸中包含著複雜的情緒，看得左源心跳一滯，還以為他清醒了。

好在，千騰慎的雙眸隨後又彎成了月牙。「我怕我不在的時候，你徹底忘了我啊。」

「我怎麼會忘記你！」左源連忙辯解。

「那是誰連續兩週不和我聯絡的？」

左源的話聲隨心虛變輕：「這不是正好你忙，我也忙嗎……」

「忙著吃外賣和打遊戲？」

「呃……」

「但我每天都在等你，等你發現我不在了，發訊息、打電話給我。」眼眸中的光暗淡了下來，千騰慎移開左源的手，將臉再一次貼到了他的頸窩，隨後，長長地嘆息在髮絲間散開：「兩週，真的太久了……久到我快堅持不住了，左源。」

「……」

「但如果我認輸了，主動聯絡你，你就不會記在心上……像以前那樣，沒心沒肺地再把我忘記。我真的……很害怕。」

「……」

左源不知道現在的他是該感到震驚、愧疚，還是什麼……

他從沒想過，那沒有聯絡的兩週對千騰慎來說，最後的總結竟然是「很害怕」。

一直以來，左源都以為會感到害怕的人只有自己。

所以他決定要給千騰慎更多的驚喜，讓害怕永遠都無法成真。

他沒想到，回給他驚喜的千騰慎也在害怕著同一件事。

揪著這條線索，左源頓悟了更多之前沒有注意到的、或者錯誤理解的事。「難道說，你那次出差是故意不聯絡我的？」

「嗯。」千騰慎邊蹭左源邊點頭。

「祕書的訊息也是故意發成我注意不到的手機簡訊？不對……你怎麼會知道我不看手機簡訊！」

「我發給你的簡訊全都石沉大海……就是那之後發現的。」

「什麼？」左源受到了莫大的衝擊。「昨天，你是透過監控看到我出門，才臨時決定回來的嗎？」

「你幾乎不穿我買給你的西裝，但昨天的你卻穿了出去……我打電話給你，你又不接，還騙我說在家裡……」

左源回憶起了昨晚回到家時，千騰慎看向他的臉色——陰鬱得就像暴雨來臨前的天空。

明明很容易就能看出千騰慎生氣了，明明他說的「驚喜」也不是字面意思上的驚喜，而是在質問左源為什麼背著他外出、去見了誰，需要正裝打扮……

可左源卻缺心眼地解讀錯了！

「那戒指……」左源轉眸看向手上的戒指。「它不只是驚喜那麼簡單吧？」

「嗯。」千騰慎握住左源戴戒指的手，勾住中指。「如果你還願意戴上，就等於讓其他人知道你是我的……如果你不願意……」千騰慎輕笑一聲，那笑聲包含冷意，讓人背脊發涼。「那你也是我的，你只能是我的，左源。」

「……大一時送我戒指，你也是這目的？」

「新的地方，總會有些新的蒼蠅需要驅趕。」

「……」

「幸好，他們都很識趣，沒有讓我太頭痛。我搞不定的人，自始至終只有你。」

「你還做了什麼我不知道的？」

「有很多啊……」千騰慎小聲嘟噥了一句，接著細數起這些年裡，敗給左源的計策。

小到假裝很累，晚上回家故意不和左源親熱；故意不做左源喜歡的菜；不及時回覆左源的訊息。

大到參加酒會不處理掉他人趁機留在他衣領的唇印，還把衣服放在了洗衣簍最醒目的位置……

「那麼明顯的唇印，明顯到祕書和司機都注意到了……為什麼你就是看不到……」千騰慎邊說邊哼哼，委屈得不行。

左源則張大嘴，半晌說不出一個字。

他也想知道自己為什麼沒有注意到！

他甚至想回到過去，使勁搖晃那個還隨意往上丟髒衣服的自己，質問他為什麼能粗神經到這個地步！

「那件襯衫……後來你怎麼處理的？」

「扔了。」千騰慎咬牙，乾脆俐落地回答：「你再也不會見到了。」

腦補出千騰慎從洗衣簍中拿出染上唇印的襯衫，再憤憤地扔進垃圾桶的樣子，剎那間，左源心裡男人那事事都從容不迫的優雅形象崩塌了。

取而代之的是個會在心裡盤算著各種小計策，被左源的粗神經氣到不行，又拿他沒辦法的委屈模樣。

不得不說，這樣的千騰慎還……挺可愛的。

可愛到左源終於忍不住傻笑了起來。

「你在嘲笑我嗎？」微微抬起頭，千騰慎幽怨地看向左源。

「我怎麼會嘲笑你呢，小慎。」

左源主動吻住了他，將他還未完全說出口的抱怨全纏在了唇舌之間。

送到嘴邊的吻，千騰慎自然不會拒絕。

單手扣住左源的後腦杓，他加深了這個吻。

腦中殘留的醉意在親吻中被再度勾起，左源又變回了暈乎乎的狀態，意識只剩下了「想要更親近小慎」這一個想法……

一覺醒來時，左源發現千騰慎背對著他坐在床邊。

聽到左源醒來的動靜，千騰慎用緩慢到彷彿開了慢鏡頭一般的速度回過頭，陰沉著臉，踟躕地問：「昨晚的事……你還記得多少？」

那低沉的語氣中帶著幾分懊惱和幾分猶豫，配合著千騰慎此刻的狀態，非常的耐人尋味。

左源差點爆笑出聲。

極力抿住雙唇，左源認真思考了幾秒鐘才攤開手，嘆息道：「就記得……一點吧。」

左源注意到千騰慎頹然的背影稍稍地挺起了幾分。「哪一點？」

「嗯……你說在家裝監控，是怕我忘了你。我記得這件事。」

「……」

「還有，你透過監控，看到我穿西裝出門，才臨時回來送我戒指。」

「……」

「哦還有，你出差兩週，是故意憋著不發訊息給我。」

「……」

「哦哦對了，還故意把有脣印的襯衫放在洗衣簍最醒目的地方。」

「……」

「還有——」

「你就說自己全記得就行了！」千騰慎沉聲打斷左源。

左源捕捉到了從他眼中一閃而過的絕望，然後看見千騰慎把臉埋進了雙手中。「拜託，答應我。全忘了吧。」

「噗……」話說到這，左源終於忍不住了，他哈哈大笑起來。「不行不行，那可是我第一次見到你喝醉！我肯定不能忘了啊！」

千騰慎低著頭，沒搭理左源。

很少見到對方吃癟，左源忍不住就想戲弄他，看他露出更多自己沒見過的樣子。「小慎，你看我還有沒有遺漏的細節，你再給我補充一點？要我再去買點酒來嗎？」

但千騰慎哪能一直任左源調侃。

眼看著左源越笑越大聲，彷彿快要爬到他的頭上跳舞，千騰慎猛地站了起來，以迅雷不及掩耳之勢撲回床上，把左源按到身下。

紅著臉、表情嚴肅又彆扭的千騰慎瞪著他說：「別說了！給我留一點祕密吧。」

「好吧好吧，知道你臉皮薄。」左源伸手，捧住對方的臉。

他感受到了傳達到掌心的炙熱，就像千騰慎昨晚暴露在他面前的心思一般，讓他心跳加快，讓他的聲音忍不住放輕了下來：「以後無論想到了什麼，都要告訴我，知道嗎？我的腦袋很不好，你藏在心裡的話，我是不可能猜到的。」

「的確，讓你猜，最後氣到的都是我。」

「我不是故意要讓你感到害怕啦……」

「我知道。」

「我比你想的，要更在乎你。我想讓你幸福。」

「嗯。」

「昨天算你給我的驚喜……你贏啦。」

「這麼好心？」

「哼哼，一次勝利而已……以後我會給你更多驚喜的。你給我好好地期待吧！」

左源昂首，誇下海口，以一個吻結束這話題。

從那以後，不知道是不是錯覺，左源總覺得千騰慎和他的相處模式似乎變得比過去更親密了。

準確的說，是千騰慎變得黏人了。

以前千騰慎在左源心中始終都是穩重成熟的形象，他總是在忙，所以很少主動聯絡左源。即便是聊天，也大多是左源侃侃而談。

此外，開始接受家族工作後，千騰慎每月回家的次數也屈指可數。左源基本默認他住在公司，只有週末回來。

那生活，就跟他們上學住宿舍時一樣艱苦。

但是現在，每次左源拿起手機想找千騰慎聊天時，他總能看到來自千騰慎的未讀訊息。

他會告知左源自己的工作行程。

身為一根筋的男人，一開始左源根本沒想太多，所以收到千騰慎的訊息後，他動動拇指回覆：

【原諒色：你那麼忙，就不要發訊息給我啦！快去開會吧！】

【慎……】

千騰慎二話不說，直接打電話過來問左源，是今天上班沒帶心出門，還是人被誰調包了。

至此左源才意識到，千騰慎是在暗示他，快哄哄工作勞累的男朋友。

「行行行！你辛苦，我都聽你的。你要我怎麼哄你？」能屈能伸的左源立刻認錯，虛心求教。

千騰慎沒有客氣，列舉了一堆能讓他滿意的方法——集各種羞恥PLAY於一身，令左源瞠目結舌。

小到發語音，說點沒節操的臺詞，大到發點情趣照片……每次都弄得左源面紅耳赤，千騰慎才心滿意足地放過他。

有時，他會詢問左源最近有沒有碰到棘手的工作狀況。

起初左源以為千騰慎是想瞭解他的工作內容，遂老老實實地回答了在學校遇到的困難。

為了不讓千騰慎擔心，他總會在最後補充一句，事情已經過去了，或者他正在著手解決。

哪知千騰慎根本不在意這些。

他通過左源的回答，瞭解到有哪幾個學生總是在他的課上搗亂、不聽話，然後進一步追問，他們是不是對老師有興趣，想要通過搗亂，引起左源的注意。

左源無語，回給千騰慎一張他佩戴戒指的照片。

【原諒色：親愛的，我手上還戴著戒指呢。】

【慎：嗯。送你戒指果然是個明智的決定。】

【原諒色：……】

左源還能說什麼好呢？

有時，千騰慎還會詢問左源有沒有按時吃飯。

如果左源抱怨午餐太難吃，那麼要不了半小時，他就會收到外賣的電話，收到滿滿一桌來自酒樓的打包飯菜。

那陣勢豪華無比，無論誰看了都會忍不住發出一聲「哇哦」，更不要說不久前才在辦公室裡炫耀自己帶了老婆做的愛心便當，不用去餐廳的袁老師。

「左老師，今天還不是發薪水的日子吧？怎麼叫了這麼一大桌菜犒勞自己呀？」英語老師總是首當其衝，替大家問出心聲。

左源看著被放在保鮮盒中的焗龍蝦，害羞地撓撓頭。「我家那位聽說今天餐廳伙食不好，幫我訂的……」

結合不久前千騰慎送左源的戒指，從此，全高中認識他的人都知道了左源有了個財大氣粗的戀人。

此外，如今的千騰慎無論工作到多晚，都會堅持讓司機送他回家。即便回到家的他早已精神疲憊，有時抱住左源，閉上眼睛就能睡著。

能天天和千騰慎待在一起，左源自然是開心的。

只是天天相見，就要天天準備驚喜！

左源哪有那麼多驚喜可以準備！他覺得自己的腦細胞都要被榨乾了！

……當然，他的腎也快要被榨乾了。

為了身體著想，左源在辦公室喝起了參茶，那姿態和即將步入更年期的袁老師有得一拚。

每當左源和袁老師不約而同地拿起保溫杯，英語老師總會先給袁老師一個默哀的眼神，再給左源一個意味深長的笑容。

氣得袁老師丟下保溫杯，像是要證明什麼似的，他連著好幾天都只喝冰鎮飲料，直到犯了胃病，接下來幾天又只能喝白粥。

好不容易恢復了健康，袁老師又在辦公室招呼同仁聚餐，還讓大家都帶家屬出席。

天天受千騰慎簡訊調教，左源早就不是最初那個粗神經的小傻子。

袁老師一拋出提議，左源就頓悟了對方的目的——他就是想藉機讓左源帶上戀人，給大家見見。

「好呀。」左源坦蕩蕩地接受了邀請。

但他沒想到的是，每天都恨不得讓全世界都知道左源有戀人的千騰慎居然回答他，最近的檔期排滿了，沒有空。

問他什麼時候有空，千騰慎卻含含糊糊地說不清楚。

——小慎很不對勁啊。

有了前車之鑑，左源的直覺告訴他，千騰慎肯定又在偷偷地準備什麼。

抱著拭目以待的心態，左源等待千騰慎露出馬腳。

果不其然，一個月後的某天，左源從一名女學生的口中聽到了千騰慎的名字。

對方用好奇又期待的眼神看著左源，問：「老師、老師，你認識千騰慎嗎？宣傳單上說，他也在菱東讀過書！」

「什麼宣傳單？」

左源一愣，順著同學手指的方向，注意到了不久前才被張貼出來的講座海報。

上面說，為了紀念菱東的過去，在舊校區徹底拆除重建前，本週五會邀請五名曾在舊校區就讀的優秀畢業生來學校做講座，其中之一就是千騰慎。

其實嚴格來說，千騰慎不能算是菱東高中的畢業生，但他的身分是歷屆學生中最特別的——

他的照片自然也是五人中最出眾的，因而被學生一眼記住。

「老師，你上學時有在菱東見過他嗎？」

「我不僅在菱東見過他，昨天我們還一起吃了晚餐。」

——是他親手做的。

左源在心裡補充。

「那你們豈不是關係很好？老師你知道他現在的戀愛情況嗎？是單身嗎？」女生興匆匆地追問。

「看個照片就想追人家啊？」

「事業有成的帥哥當然人人愛啦！」女生攤手，說得理直氣壯。

左源認可地連連點頭。「的確，小慎的確各方面都很完美。但真不湊巧，他有對象了，而且談了很多年，感情很穩定呢。」

「啊……真是的！大家就不能專注地發展事業嗎！為什麼要急著戀愛！」說完，女生瞪了左源一眼。

看得左源一頭霧水，忍不住地懷疑是不是自己的哪句話說漏嘴了，讓她聽出自己和千騰慎的關係。

但轉念想到他和千騰慎的關係早晚會被大家知曉，他又放下了懷疑。

之後左源主動發訊息給千騰慎。

【原諒色：小慎，我看到學校的宣傳海報啦！你週五要來菱東嗎？】

【慎：……】

【慎：本來還想給你個驚喜。忘了學校會提早貼講座海報。】

【原諒色：哈哈哈，其實是被你的臉吸引到的女生提醒我的。我平時根本不注意講座海報。】

【慎：我請了半天假去菱東。到時一起去舊校區走走吧。我聽說那裡要重建了？】

【原諒色：是呀。】

菱東的舊校區，是左源生活了三年的地方。它和左源現在工作的新校區相隔說近不近、說遠不遠，飯後散個步，五、六分鐘就能走到。

只是舊校區的建築已經老化，存在一定的安全隱患，在左源大三時，那裡就徹底停止使用了，新校區通往舊校區的必經之路再次用電網封了起來，禁止學生進入。

這一封鎖，舊校區就被放置了整整一年多。

剛到菱東上班時，左源曾好奇地去過舊校區附近。因為太久沒有人打理，遠遠看去，那兒的雜草都快長到左源的膝蓋處了。

這份荒涼一直持續到最近。

考慮到未來學校校地的擴張，菱東高中的董事會決定在今年年底重建舊校區。

千騰慎只在菱東讀了半年書，如果他說自己對學校有多深的感情，左源是不會相信的。

但舊校區是他和左源相遇，並且確定關係的地方，那裡對兩個人的意義，肯定是不能用時間來簡單衡量的。

確定千騰慎要來菱東，再一起回舊校區最後再看它一眼後，左源隱約地覺得自己似乎等到了一個最合適的時機。

一個他可以給千騰慎大驚喜的時機。

壓抑從心口滿滿升起的激動，左源忍不住握起了雙手。

非常男子高校

Unusual High School

☆男上加男，人生好困男☆

第七話：與你的過去和未來

「什麼情況！左老師，你居然穿西裝來上班？」

左源剛踏進教職員辦公室，時刻關注著周遭情況的英語老師就昂著頭，驚奇地大喊。

「今天太陽從西邊出來了？」

「左老師你是忘記洗衣服，沒T恤穿了嗎？」

「你吃錯藥啦？」

面對老師們此起彼伏地追問，左源笑得春風得意。「哈哈哈……沒辦法，今天是個特別的日子，我得穿得認真點才行。」

「今天只是普通的週五啊？」英語老師皺眉。

「今天學校有個講座，是關於舊校區的。」化學老師看了眼日曆。「左老師也是舊校區畢業的學生吧？」

「是啊。」左源從口袋裡掏出一串鑰匙，掛在食指上轉了兩圈。「所以我借了舊校區鑰匙，打算一會兒和我的戀人去回憶過去。」

英語老師點頭。「這樣啊……什麼？」

音調陡然拔高，英語老師猛地站起來，探頭往教室外望。「人呢？來了嗎？」

「沒呢！他工作忙，應該會趕在下午講座開始前來吧。到時一定介紹給你們認識！」

得到了左源的保證，老師們這才收起好奇心、放過他。

但是學生們就不懂見好就收了。

見到左源西裝革履地來上班，傳說中的戀人也會出現，一些平時沒大沒小的學生藉著來教職員辦公室交作業之便，追問左源是不是要求婚、戀人長什麼樣、是大美女還是大帥哥……

左源心情好，學生的問題他全笑呵呵地回答：

「老師的薪水哪買得起戒指呀！會傾家蕩產的啦！」

「我喜歡的人，那當然是長得萬里挑一。誰看了都不會覺得那是我能追到的人！」

左源越說，越讓人在意得不行。

偏偏下午的講座主要是對高三畢業生開放，高一學生要上課，他們只能趁著課間衝到禮堂外，隔著窗戶，尋找左源和他身邊那疑似戀人的身影。

不給他們任何八卦的機會，左源直接溜到了學生們偷窺不到的後臺。

生怕左源開溜，下午沒課的英語老師一路跟了過去——於是，她成了老師中第一個見到千騰慎的人。

當然，她壓根沒把千騰慎和左源聯繫起來，只是單純地站在老師的角度審視這位畢業生。

「那位叫千騰慎的畢業生，真人比照片還帥耶……我教的班級裡，有好幾個學生對他很感興趣，說什麼，如果不是他已經有對象了，真想試著追一下。」站在後臺角落，英語老師瞧著身著三件套訂製西裝的千騰慎走入後臺，說道。

「嗯嗯，我班上也有學生這麼說……被我勸退了。」左源抱胸附和。

英語老師揶揄地撞了下左源的肩膀。「想不到你也是會管教學生不要談戀愛的老師呀？」

「不是，我——」

「等很久了嗎？」千騰慎逕直走到左源跟前，打斷了他沒說完的解釋。

英語老師沒想到對方會過來和左源打招呼，先是一愣，而後想到左源也是菱東的畢業生，立刻驚嘆：「原來……你們是同學呀！」

千騰慎沒回答。他看著左源，一副我要看看你會怎麼回答的樣子。

深知千騰慎是個心思特多還不說出口的悶葫蘆，左源哪敢不好好回覆？

他輕咳一聲，伸手比劃了下自己和千騰慎。「我們以前是同班同學，他現在是……我的戀人。」

「哦，戀……戀人？」英語老師再次愣住。

左源尷尬地撓頭。「對。我的戀人。」

「您好，我叫千騰慎，是左源的男朋友。感謝您平日裡對他的照顧。」千騰慎適時姿態優雅地對英語老師伸出手。

「哪裡哪裡……左老師本身就很優秀。」身為教職員辦公室最會聊天的人，英語老師很快就消化了驚訝，微笑著握住了千騰慎的手。「你也是，和左老師真般配。」

嘴上如此說著的英語老師，轉過頭不過十分鐘，就在高一老師群內狂吼：

【Daisy Wu：你們肯定猜不到左老師的戀人是誰！】
【Daisy Wu：千騰慎！這麼優秀的人竟然看得上我們的左老師！】
【Daisy Wu：這是灰男子與白馬王子的故事嗎！】

看著背對自己，狂敲手機的英語老師，左．灰男子．源：「……」

有英語老師前線送來情報，群組立刻炸開了鍋。

各種「這不可能」、「世間無奇不有」、「酸」的言論充斥聊天框。

左源懶得解釋，發給千騰慎一條「我們舊校區後門見」後，悄悄溜出後臺。

等忙著回應群組訊息的英語老師抬起頭，想讓左源上線說句話時，左源早跑得沒影了。

學校邀請千騰慎來，是希望他能作為優秀畢業生回答學生一些對未來的困惑。但千騰慎在菱東的時間不長，他的求學路線更與大家不同，很多回答並沒有參考性，只能作為有趣的故事來聽。

不一會兒，他就結束了自己的環節。

將麥克風交給下一位畢業生嘉賓，千騰慎離場，快步前往記憶中的舊校區後門。

沒想到千騰慎來得那麼快，捧著手機，還沒打上幾盤遊戲的左源就被他抓了個現行。

「前幾天是誰說要為了我把遊戲戒了的？」千騰慎挑眉，盯著左源心虛的收起手機。

「戒什麼都是需要循序漸進的嘛……我就只打了一會兒，真的。」左源說著，掏出鑰匙，獻寶似的伸到千騰慎面前。「看！我找校舍管理員借了舊校區的鑰匙！多虧了丘栩老師幫我做擔保才借到的。你還記得他嗎？我們高中時的化學老師，特別內向怕生的那位……男生班畢業後，他就留在了高三，只教畢業生。這幾年下來，他外向了不少。聽說兒子都兩歲了。」

左源喋喋不休地說了一堆。千騰慎看著他，自然知道他是在扯遠話題。

但他還能怎麼辦呢？

千騰慎順應左源的期望，說：「我記得丘栩。那時他有邀請我們參加他的婚禮，但我有工作，只有你去了……就在你高中畢業後沒多久。」

「是呀。丘栩的新娘還是吳咎的姊姊。」左源邊說著話，邊拿鑰匙打開鐵門，領千騰慎走進被停用了好幾年的舊校區。「你肯定想不到，吳咎那麼愛笑的傢伙居然在婚禮上感動哭了。」

吳咎是和左源同窗三年的高中同學，也是化學老師丘栩的課堂小老師，在千騰慎離開菱東後，常年霸占榜首，可左源從沒見他認真看過書。

他只在學校的露天籃球場上見過揮灑汗水的吳咎。

在他印象裡，吳咎是個沒有煩惱的同學。

他總是笑呵呵地惹火他的室友洪亮，就像隻聰明狡猾的狐狸。

因此，在丘栩的婚禮上，無意間瞧見躲在宴會廳外抹眼淚的吳咎，左源才會那麼意外，意外到一直記得。

可千騰慎卻不意外。

他聽後，忽然笑了。「你真以為吳咎是因為重感冒考試失利，才進了菱東男子班的嗎？」

「難道不是嗎？」

菱東是當地升學率極高的名校，一般只有成績優秀的學生才考得進來——除了特殊班。

特殊班也是菱東的實驗班，學校董事會時常會為了想要研究的課題，特別招募一批成績並不理想，但願意接受研究的學生。

左源入學的那年，學校董事會的課題是——論成績糟糕的男生在沒有女性的環境下，成績是否能夠突飛猛進。

看字面意思就知道，除了給了自己半年時間來玩的千騰慎，和自稱因重感冒導致考試失利的吳咎，整個男生班的平均分極低。

左源從沒想過，這其中竟然還有祕密。

千騰慎沒有直接回答左源。

他抬眸，看向不遠處的露天籃球場，因為長期沒有人使用，周圍的雜草已經頂破塑膠地面，蔓延到了籃球場內。「你沒發現嗎？通過籃球場，能夠看到教職員辦公室。」

左源一怔，順著他的視線看去。

籃球場的確臨著男生班的教學大樓。教職員辦公室窗口就在正對籃球場的方位。

左源撓撓頭。「這和吳咎感冒失利有關係嗎？」

「吳咎十有八九是衝著丘栩才來菱東的。也許那時候，丘栩就已經在和吳咎的姊姊談戀愛了吧。」

「哦哦哦！我知道了！」左源恍然大悟。「怪不得開學第一天，吳咎就主動要當丘栩的課堂小老師，原來他是來給未來姊夫捧場的！反正他成績好，去哪所學校都沒問題。」

「免得你以後見到丘栩尷尬，你就當是這樣吧。」千騰慎給了左源一個「我不指望你能看出真相」的同情目光，加快往前走的步伐。

「話說一半反而會讓人在意得不行啊！小慎，不要賣關子啦！」左源追在千騰慎身後，現在就開始「在意得不行」。

但千騰慎鐵了心就是不說。他甚至學著左源硬轉話題：「到教學大樓了。你高三畢業那天，我就在這裡站了幾分鐘。」

千騰慎指指教學大樓大門前的空地。「雖然來前已經決定好了，無論結果如何，我都不會放棄。但真的走到這裡時，我發現自己還是很害怕被你拒絕。」

類似的話，千騰慎曾在兩人在交往後提過。

那時的他主要強調的是：無論結果如何，他都會想辦法得到左源的心。

左源只知道他喜歡自己，想要自己接受他的心有多堅定，卻不知道這份堅定背後藏著一份害怕。

「還好你只擔心了幾分鐘就來找我了……然後我只想了幾秒，就接受了你。」左源咧嘴笑道，他貼到千騰慎身邊，和他肩並肩。

「嗯，你永遠超出我的預料。」

「可惜現在門都鎖了……不能去你那天向我告白的教室了。」

「幸好裡面的人已經被我帶走了。」千騰慎放輕聲音，話語溫柔地說道。

抬起頭，左源就能看到映入紫眸中的自己，被染上了愛意。

這讓左源嘴角的弧度不由得揚得更高了。「可不是嗎，人還被你拐進了家裡。」

「這麼看來，最值得我們好好回憶的地方應該是家才對？」

「別別別，我好不容易才借到舊校區的鑰匙，我們再逛逛。」左源急了，趕緊抓著千騰慎往前繼續走。

離開教學大樓，附近有一幢公共浴室。

高中時，秉持著「搓澡是建立友誼的好方法」，公共浴室是他最喜歡去的地方之一。

「小慎你還記得開學那天，我們第一次去浴室洗澡的事嗎？」停在同樣大門緊鎖，玻璃門上一層厚厚灰塵的浴室前，左源問。

「想忘也忘不掉呢。」千騰慎聳聳肩，笑道：「才剛認識不到幾分鐘，就邀我去泡澡，結果自己怕燙，在浴池裡亂跳腳。」

「哈哈，我真的怕燙嘛！」想到當時的狀況，左源哈哈大笑。「那可是我第一次泡澡。」

「嗯，看到你有那麼多的第一次都給了我，我就勉為其難地形容你那時候的樣子很可愛吧。」

「那可太為難你啦！」

左源記得，因為過去從來沒有接觸過像千騰慎那樣彷彿能看穿一切的優等生，他當時非常侷促，就怕給對方留下糟糕的印象。

而那時泡在浴池中，總是比左源要更從容不迫的千騰慎揭穿了他所有的偽裝，並且表示如果左源能讓他在學校的生活變得更有趣，他不介意左源是老師的親戚和眼線，願意讓左源利用他，成為左源的朋友……

走過公共浴室，再走五百公尺，就是男生班的宿舍大樓。

這是僅次於教學大樓，左源和千騰慎相處最多的地方，也是兩人初次相識的地方，更是左源遇到大危機時，千騰慎第一次伸出援手，幫他出謀劃策的地方。

宿舍大樓旁邊就是小樹林，茂盛的植物順風蔓延，有一、兩扇窗戶甚至被樹枝頂開，植物生長到了樓內，讓這幢樓從外觀來看，比其他建築要更荒涼。

「我本來想過，至少要借到宿舍大樓的鑰匙，想帶你去我們住過的寢室看一眼……但是學校警衛說剛封校區那陣子，因為總有住校生學生為了逃避查寢，偷跑進宿舍大樓裡玩，所以學校就乾脆把樓裡的家具都搬到了一樓，堵住了大廳和門。現在就算給我鑰匙，我們也進不去了。」

透過宿舍大樓一樓的玻璃窗，能看到疊起來的衣櫃、書桌和床，它們形成了巨大的屏障，阻擋任何人進入其中。

其實左源還可以選擇爬樹，藉著延伸入窗戶的樹枝，進到宿舍大樓裡。

但是看看西裝革履的千騰慎，他放棄了這個想法。

不是覺得千騰慎做不到，畢竟兩個人做愛時，千騰慎的體力可比左源好上太多，左源都癱軟到動不了了，千騰慎還能抱著左源這個成年男人走上好幾公尺。

他只是不想在求婚前，讓兩個人都變得灰頭土臉的。

沒錯，求婚。

手指移到西裝外套的口袋處，握住今早才拿到的戒指盒，左源單膝跪下。

「雖然用老師的薪水，想買個能配得上你的戒指會傾家蕩產，但是……」左源對著明顯愣住的千騰慎打開戒指盒。

裡面有一枚樣式非常簡潔，與左源手上那枚幾乎相同的鉑金鑽戒。是他偷偷找到千騰慎買戒指的店，特地訂作的。

「但是，你是我傾盡全部也買不到的無價之寶。我想用我現在擁有的全部，來換你和你今後的全部人生……你願意接受我的戒指嗎？」

「聽上去，這是個虧本買賣呢……這就是你今天要給我的驚喜嗎？」千騰慎微微瞇起眼睛，收斂起了眼中的意外之情。

這冷靜的語氣，讓自從知道千騰慎要回菱東起就開始籌備求婚戒指的左源不知所措。

「小慎……這時候，你不應該開開心心地接過戒指，說『我願意』嗎？你送我戒指的時候，我可是第一時間就收下來了！」左源嚷嚷著，準備起身反對。

千騰慎的手落在了他的肩膀上，輕輕鬆鬆地往下一按，就將下盤不穩的左源按回到了地上。

「你不是說要求婚嗎？」

「……是求婚。」左源鼓起臉頰，小聲嘀咕：「但我沒預設你會為難我的情況……」

「那你現在可以動腦筋了。如何讓我又驚喜，又願意接受你的求婚。」

左源：「……」

這可太難了。

一瞬間左源有點後悔過去兩次收戒指都太爽快，半點都沒為難千騰慎，為現在的自己積攢求婚素材。

維持著單膝跪地的姿勢，左源費勁地轉動腦筋，半晌才擠出一句：「你收下戒指，它和我就都是你的了，你想要什麼樣的驚喜，我都隨你索取……這樣行嗎？」

「隨我索取？你的意思是，我要你做什麼都可以？」

「這話怎麼聽上去那麼危險呢……」左源皺起眉頭，但在捕捉到千騰慎眼中一閃而過的遺憾後，他馬上點頭。「對對對，你要我做什麼都可以。我全部照做！」

「就算我想和你一起做到週末假期結束？」

「就這點要求？」左源話不過腦的脫口而出，可說完他就後悔了。

不等他再反悔，千騰慎順勢又說：「再把你藏在床底的東西拿出來？」

「呃……」

之前買潤滑液和保險套時，店家送了左源一些情趣用品，一開始都被他藏在了儲物室。

在某次做愛中被千騰慎問了出來後，左源就趁千騰慎不在家轉移了儲藏點——所謂最危險的地方就是最安全的地方，他把情趣用品都丟到了床底的儲物箱裡。

沒想到，又被千騰慎知道了！

「沒道理啊，攝影鏡頭不是只能拍到客廳和玄關嗎？」

「你這點小聰明，還需要攝影鏡頭來記錄？」千騰慎聳肩。「再說，你沒有丟掉，難道不是等著以後來用嗎？」

「……對哦。我怎麼忘了有丟掉這個選項！」左源頓悟。

「現在知道已經遲了。」千騰慎說：「剛剛是誰說，只要我接受你的求婚，之後要你做什麼都可以的？」

「我我我，是我，都是我說的！」左源連忙應下。

千騰慎若要算計他，左源自知肯定是躲不過的；滿足他，就是最好的選擇。

還有就是——

再這樣跪下去，他的腿就要麻了！

還有什麼事比求婚期間腿麻倒地更丟人的？

他可不想以後每次和千騰慎回憶起重要的求婚，記憶最深刻的畫面，就是他倒在地上，抱著發麻的腿哀號！

「你還有什麼要求，全說出來吧！我都答應你！」左源豁出去地道。

好在，看出左源的不適，千騰慎收斂起了捉弄的心。「嗯，看在你那麼有覺悟的分上，我就接受你的求婚吧。」

千騰慎接過戒指，戴到左手中指上。陽光落在戒托的鑽石上，折射出的璀璨之光映亮了猶如紫水晶般漂亮的眼眸，他掩藏在看似平靜面容後的心情，也跟著明亮了起來。

千騰慎伸出雙臂，不給左源任何心理準備，一把橫抱起了他！

「哇啊啊！」雙腳忽然懸空，重心失衡，左源急忙環住了千騰慎的肩膀。「幹

什麼啊，小慎！你快放下我！」

「你的腳應該麻了吧？我抱你回去。」千騰慎話音中洋溢出了笑意，顯然接受左源的求婚令他心情很好。

但左源卻開心不起來！

如果讓千騰慎大搖大擺地抱著他走在學校裡——左源不敢想像學生們看到這幕之後會說什麼！

他一定會上學校論壇，成為眾人談論的話題！

「小慎，你接受了我的求婚，你才是應該被抱的新娘啊！」

「你抱得我嗎？」

「……抱不動。」

千騰慎看起來顯瘦，實際西裝裡面的肌肉重得很。

左源曾經大言不慚地說要抱起千騰慎轉個圈，結果人沒抱起來，他反而一屁股跌坐到了地上，尾椎痛到險些進醫院。

——唉……又是個耍帥不成，成為終身笑柄的經典案例。

左源在心中嘆息。

「那我抱你不是正好嗎，新郎？」

「可是、可是……」

臉漲得通紅，熱到就快要冒出煙來，左源就是說不出一個讓千騰慎放下自己的理由，最後，他乾脆自暴自棄地把臉埋進了千騰慎的胸口。

看著耳根都染上了紅暈，在自己懷中緊張到不停吸鼻子的男人，千騰慎總算滿意地笑出了聲：「放心。走幾步就放你下來，我可不想早早地就用光力氣。」

菱東的週五放學時間要比平時早一些。

離開舊校區後，兩人歸還了鑰匙，左源又帶著千騰慎到教職員辦公室和其餘老師做了個簡單的介紹，就到了下班時間。

今天是左源上班以來，第一次由千騰慎親自開車載他回家。

千騰慎的車開得很穩，但車速卻穩定在了道路允許通行的最高速限。不到一會兒，兩人就順利回到家，站在了臥室的床前。

「說好的。」千騰慎倚著床邊的衣櫃，抱起胸。

沐浴在千騰慎越發灼熱的目光下，左源認命地推開床板，拿出他藏在裡面的一個塑膠收納盒。

復原床鋪，左源打開收納盒蓋子，將裡面的東西一股腦地倒在床上。

各種形狀的遙控跳蛋、可調節震動程度的震動棒、表面布滿凸起點的透明中空按摩棒、各色乳夾、加絨的皮手銬、黑絲帶……

撒在床上的成人物品數量和品種眾多，看得左源都傻眼了。「不對……這不是我藏的東西！」

「這當然不是你藏的那些。店家送你的那些東西品質太差了，所以我另外買了一些，最近正好送到。」千騰慎從後面環住左源，脫掉他身上的西裝外套。「今早我回了一趟家，把這些東西全都仔細清理消毒過了。」

「……你不是說只請了半天假嗎！」

「驚喜嗎？」

「……說是驚嚇也不為過。」

「那你也得收下。」拽住左源的手，千騰慎一把將他推到床上。

眼角餘光瞥見近在咫尺的按摩棒，左源的心頓時怦怦狂跳了起來。「等等，現在就開始嗎？是不是太急了？你先放開我，我去洗個澡！」

「沒關係，等會兒我帶你去洗。」千騰慎跨坐到左源身上，傾身壓住流露出怯意的他。

灼熱的吐息灑落在左源臉上，千騰慎的手指熟練地一路往下，拉扯起褲頭皮帶。掌心的溫度熨入西裝褲內部，穿過兩層布料阻擋，直達敏感的性器。

左源只覺熱血往下腹奔湧，大腦隨即陷入缺氧的混沌狀態。

等慢半拍的思緒搞明白千騰慎在做什麼時，左源的外褲已被對方輕鬆脫下，露出兩條肌肉線條優美的雙腿。

常年被褲子遮蔽的大腿根部，呈現出與大部分肌膚不同的白皙。千騰慎垂眸審視，手指進一步向內探入，握住逐漸翹起的性器，幫助它掙脫內褲的束縛。

私密處沒了遮擋，暴露在低於體溫的微涼空氣下，不自在地輕顫了一下。似是要適應這環境，性器變得更硬了，它渴望著更多的撫摸，尤其是被那雙骨節分明的手逐步深入。

嗡嗡嗡——

略有刺耳的震動忽然響起，循聲看去，左源見到千騰慎低頭擺弄起一個橢圓形的塑膠跳蛋。「免得你秒射，就先用最低震動檔吧。」

嗡嗡嗡——

千騰慎說著，一手握著控制器，一手將跳蛋貼到了左源的性器根部！

震動聲登時間幻化為實質的觸感包裹住性器，帶動它高速顫動。要不是千騰慎壓著左源，他定會被這突如其來的震顫驚得跳起來！

「等等等等——小慎！」左源連聲大叫，身體在床上扭動，試圖掙脫跳蛋。

千騰慎眼明手快地按住左源，另一隻手勾出跳蛋自帶的小圓勾，掛到左源的性器上——這下左源甩不掉它了！

挺立起來的性器被迫小幅震動，這奇特又瘋狂的感受，刺激得馬眼處不斷吐露愛液，左源只覺得頭皮一陣一陣的發麻。

「感覺怎麼樣？」千騰慎問。

「我建議你也、親自試試。真心的……」

千騰慎若有所思地點點頭，而後他解開褲子，釋放出同樣抬起頭的性器，和左源嗡嗡顫動著的肉棒貼在了一起。「這樣嗎？」

「唔！」熟悉的和陌生的感受交織在了一起，左源不禁繃直了雙腿。

千騰慎及時握住龜頭，遏制住左源那差點決堤的慾望。「忍住。這才剛開始。」

「放、開……」

「還不行。」千騰慎用跳蛋連接控制器的膠繩在左源性器根部繞了個結，既加固了跳蛋，也束住了肉棒。

想要釋放卻釋放不出來的感覺，簡直糟糕透了。

而千騰慎的手還在左源身上摸索。

隔著襯衫，千騰慎精準地找到了藏在布料後的乳頭，手指輕輕一撩撥，早就被千騰慎調教得異常敏感的乳尖立即挺立了起來，在襯衫表面凸出兩個小點。

「你的胸部，比以前更敏感了呢……」千騰慎輕笑。

「還不是、你害的！」思緒沉浸在想要釋放的渴望中，亂成了一團，左源喘著氣，艱難地瞪了千騰慎一眼。

浸透了性慾的雙眼沒有絲毫的威懾力，反而格外惹人興奮。

紅舌舔舐過左源的眼角，捲走源源不斷滲出的淚花。「那我得負責讓你更舒服才行。」

千騰慎拿出床頭櫃裡的潤滑液，擠壓著瓶身，往左源胸口澆灑液體。

涼意令左源倒吸了口氣。

接著，千騰慎的手掌按到了他雙乳之上。他一邊做順時鐘畫圈揉按，一邊將襯衣上的潤滑液推開，塗抹到胸膛的每個角落。

潤滑液逐漸被他的掌心悟熱，不一會兒，襯衣就被黏稠的液體徹底浸透，呈現出半透明的磨砂質感，緊貼著胸脯，勾畫出了挺立的乳尖輪廓，透出紅褐色的乳暈。

「……現在能看得更清楚了。」半瞇起雙眸，凝視著被溼襯衣包裹住的、誘人的小紅豆，千騰慎拿起兩個用銀鍊子串起來的皮質乳夾。

「哈啊！」下一秒，雙乳同時被乳夾擠壓住，刺痛直衝大腦，一瞬間撥開混沌，令左源的意識短暫地恢復了片刻清醒。

可是這份清醒只夠讓左源看到夾在他乳頭上的東西——是兩個紅色的、愛心形狀的夾子，由一根串著小鈴鐺的銀鍊連接。

然後，火辣辣的脹感從胸口擴散開，化作更混沌的情慾，再度籠罩住大腦。

呼吸更加急促了。

胸膛隨喘息上下起伏，帶動連接乳夾的銀鍊叮噹作響，伴著粗重的喘息在耳畔縈繞，左源覺得自己就像一條擱淺在岸上的魚，失去了掙扎的能力，只能拚命張闔嘴巴，努力吸入更多氧氣。

相比只穿了一件被潤滑液浸溼的襯衣、渾身都散發著淫靡氣息的左源，千騰慎就顯得要清爽得多。

西裝三件套依然一絲不苟的穿在身上，除了下身的西裝褲被解開了拉鍊，勃起的性器張牙舞爪地裸露在空氣中，正模擬著性事，一下又一下地頂撞著左源被跳蛋束住的肉棒……

視線欣賞過身下人的每個部位，千騰慎舔舔嘴角，手指猶如彈鋼琴般有節奏地撫摸上左源顫慄著的性器，來到男人的後方，那個被他侵入過無數次的小穴。

那是左源再熟悉不過的手指。

後穴本能地收縮起來，像是在邀請對方快來占領最隱祕的深處渴望。

體內翻騰的慾望全在叫囂著對那東西的渴望。

千騰慎的肉棒被釋放在外，僅是目光觸及到後穴，腫脹感就更加強烈。

「想要釋放嗎？」千騰慎問。

「快給我，小慎……」睜著迷濛的雙眼，左源張開腿，雙手捧住臀瓣，往兩邊拉扯。「想要你……」

喉結不禁上下滾動。

千騰慎壓低聲音：「再忍耐一會兒。」

冰涼的潤滑液被擠入後穴，伴隨撬開肉穴的手指，發出「咕唧咕唧」的聲響。

時常得到愛撫的後穴無需擴張多久，就到了適宜進入的柔軟度。

心臟怦怦狂跳著，彷彿快要蹦出喉嚨。

左源咬住下唇。

終於，上下身都被性慾折磨著的他，等到了最渴望的東西。

一個堅硬的東西抵在了後穴處。

——等等……那、是……什麼？

試圖撬開後穴的東西沒有溫度，和千騰慎的性器有著截然不同的觸感！

大腿肌肉忽然繃緊，無名的恐懼爬上心口，打亂了心跳的節奏。

察覺到左源的異樣，千騰慎說著「別怕」，架起了左源的雙腿。身體順勢向內彎折，後穴暴露出來，左源隨即看到了抵在那上頭的東西——是一根表面抹滿潤滑液，尺寸和千騰慎的性器接近，但內部中空的透明按摩棒！

千騰慎正推著它一步一步地入侵自己的後穴！

左源看不到自己下身的實際模樣，但千騰慎卻看得清楚。

按摩棒特殊的構造讓後穴完全敞開，宛如一個任人汲取的蜜罐。「第一次，那麼清楚地看你的裡面呢……」

千騰慎說著，握著按摩棒，往後拖了一、兩公分。

「啊、啊啊……」布在按摩棒表面的小凸起點劃過嬌嫩後穴，刺激得左源氣喘連連。

「這樣、哈啊……不、不公平……」左源抬腳，軟綿綿地往千騰慎西裝革履的上身踹了腳，阻止他繼續玩弄放在後穴的按摩棒。「只有我變成了、亂糟糟的樣子……」

「那你覺得怎麼才算公平？」

「脫掉，把你的……都給我！那些玩具不是、我的新娘，你才是……」左源伸手握住千騰慎硬到發燙的肉棒。「難道我的、我的新娘……不行，需要玩具、才能滿足我嗎？」

沒有什麼比說戀人「不行」，更能激起對方的鬥志。

哪怕對方是看上去很理智的千騰慎。

雙眸徹底瞇成了兩條危險的線，千騰慎解開領帶和領口。「等會兒就算你求饒，想要這些玩具，我也不會聽了。」

「以後的事、以後再說……」放棄思考的左源朝千騰慎張開雙臂。「怎麼還不脫？」

「如你所願。」

如此說著，千騰慎三下五除二地褪去了身上的衣服。

訂製西裝被隨手丟到了地上，團在了一起。千騰慎赤裸著身體抱起左源，讓他跨坐到自己身上。

「呃、啊啊……」掛在胸口的乳夾順勢晃動，揪著本就無比敏感的乳尖在鈴聲中搖晃。

左源粗喘著氣，倒在了千騰慎的懷裡。

不等左源從情慾中緩過神來，千騰慎一把抽出後穴夾中的按摩棒，就著左源的呻吟，扶著肉棒整根頂入。

「唔！」身體被撞著往後一揚，久違的渴望終於在這一刻得到了滿足。

左源捧住千騰慎的臉頰，低頭糾纏住他的唇舌。

溼濡的吻聲就像海浪，一波又一波地湧入大腦，將意識打入黏著又滾燙的性慾之海中，與其融為一體……

就這樣吧。

左源閉上眼睛。決定讓自己徹底沉溺進這場終將為千騰慎掌控的性事中。

畢竟，夜還很長。

非常男子高校
Unusual High School
☆男上加男，人生好困男☆

尾聲：戀人和家人

「小慎……我們不是很趕時間，你可以開慢點。」

坐在副駕駛座位上，左源看著從窗口飛馳而過的景色，一口氣堵在喉嚨口，噎得他越發緊張。

千騰慎拿餘光看了眼死死抓住安全帶的左源，笑道：「我已經開很慢了。倒是你，心跳快得我都聽見了。」

「我們現在可是要去見家長……緊張是很正常的反應吧！難道你不緊張嗎？」

「我緊張啊。」

說著緊張的人，臉上卻依然平靜如常。

左源鼓起臉頰，忍不住暗暗讚嘆千騰慎的表情控制能力是真的強。

反觀左源自己，這會兒他感覺面頰的肌肉似乎都在跟他抗議，無論他怎麼扯起嘴角，都無法擺出一個看上去不古怪、不僵硬的表情。

車在紅燈前穩穩地停了下來，千騰慎伸手幫左源整理了一下散落的瀏海，問：「你把我的事告訴家人了嗎？」

「說了。老爸以為我在開玩笑，媽媽讓我趕緊把你帶回家給她和左黎看看，她再決定要不要讓老爸揍我。」

「左黎也會來？」

「來了……所以我才那麼緊張。」

如果要左源選出一個「這世界最害怕的人」，左黎肯定位居榜首，還能甩第二名好幾條馬路。

家裡沒大事，一般媽媽做主；如果有大事，媽媽就一定會找來左黎一起出謀劃策。

比如現在，左源跟一個男人同居了好幾年，直到求婚成功後，才告訴家裡自己有戀人。

昨天跟家裡人視訊聊天時，爸爸聽到左源居然有戀人，整個人都傻眼了。他摘下眼鏡擦擦、戴上，再摘下來擦擦，如此來回了好幾遍，似是不敢相信視訊那邊的人就是左源，得把眼鏡擦透亮了，才能看穿對方的真身。

半天後左源才聽到他憋出一句：「你這小子是不想被我們催去相親，於是隨便找了個人騙我們吧？」

「沒沒沒，是真的。對方是我的高中同學。」

爸爸眉頭皺起。「但你高中上的是見不得女生的男生班吧？」

「哈哈對呀，所以我的對象是個男人呢，還是我的室友！」

爸爸的眉頭皺得更緊了。「……你說那個長得人高馬大，樣子也夠唬人，可膽子比老鼠還小的那個男生？叫什麼元……元霸？」

「不是元霸，是我剛入學時的室友，年級排名第一的那位。」

「胡扯！年級第一的人腦子好得很，能看得上你嗎！」爸爸拍案大喊，更加堅定左源在跟他開玩笑了。

媽媽雖然嘴上不說，但看他的眼神無疑暴露了她的心思。左源篤定，那會兒她心裡肯定在想：我家傻兒子是不是作夢作糊塗了？

誰都沒法讓對方信服，偏偏千騰慎還在加班，沒法露面打聲招呼，證實左源的話。

最後變成了媽媽一聲令下，讓左源帶千騰慎回家，給他們親眼瞧瞧。她會叫上左源高中時的班導左黎，防止左源找人冒充。

「你說左黎要是整我，故意在我爸媽面前說你是我找來的幫手，我該怎麼辦啊？」

鑑於左黎是個毫無節操，不折騰姪子就不舒服的壞叔叔，左源覺得這種事很有可能發生。

「上次喝酒他就擺了我一道。要不是你有看監控，早就知道我沒回家，及時來找我……」

左源不敢想另一種可能。

他覺得太驚悚了。

號誌跳轉為綠色，千騰慎一邊扶著方向盤，驅車繼續往前，一邊用著漫不經心的口吻說：「雖然不想幫左黎講話，也不知道你們聊了什麼，讓他丟下你一個人在那，但他應該只是想嚇唬你一下。因為他在八點多的時候就給我發了酒吧的地址和你喝醉酒的照片。酒保說他是九點多走的。」

「欸？還有這件事？」左黎和千騰慎之前都沒有跟他提過兩個人私下有聯絡。

「那我不是錯怪了左黎嗎？」

「看在他灌醉了你，又間接灌醉了我的分上，這點錯怪，是他應得的。」千騰慎冷笑一聲。

「照這麼說，我還得感謝左黎。多虧了他，我才能看到你的另一面。」

「……不是說好要忘掉的嘛！」

「我這不是在努力忘嗎！」

嘴上說著要忘記，實際上左源腦內又一次清晰地浮現出了那天千騰慎喝醉酒的模樣。

那時的千騰慎和現在的他一樣，都無法控制面部的表情和心中的恐懼，就想緊緊地貼著對方，訴說對他的喜愛。

想到這，左源忍不住又問：「小慎，你現在真的很緊張嗎？」

「是啊。怎麼了？」

「等會兒飯桌上，記得多喝點酒。」左源把手肘撐在窗沿邊，壞笑道：「喝醉後的你特別可愛！肯定能馬上虜獲我爸媽的心！」

話音剛落，一抹淺到幾乎可以忽略不計的紅暈，就在千騰慎看似鎮定的臉上散開。

就在左源以為自己成功調戲到了對方，在心中竊喜時，他聽到千騰慎用很輕的聲音，不確定地詢問：「……你說真的？」

「啊？」

「你爸媽……喜歡醉鬼嗎？」

當然是假的！

初次上門的人如果喝成了醉鬼，只會讓家長覺得這個人不可靠至極！

左源瞪圓眼睛，難以相信千騰慎會問出這句話。

但轉念想到這一路左源每次問千騰慎緊不緊張，對方都面不改色地給予他肯定的回答，錯愕頓時又如糖一般融化開了，黏在了心上，一點一點地撫平了因心臟狂跳而帶來的酸脹感。

「小慎，你說，要是我爸媽不接受我們兩個在一起……那該怎麼辦呀？」

「那我就只能帶你私奔了。」千騰慎目視前方，微微瞇起眼睛。「去誰都找不到你我的地方。」

「還有那種地方？」

「有啊。」車平穩地駛入左源家所在的校區，繞進不算寬敞的巷子。「我總要做一些準備，如果當初的你無論如何都不能接受我……」

若是放在以前，聽到千騰慎這麼說，左源只會當他在跟自己開玩笑，一句「逗你的」會在左源上當後輕飄飄地落下來。

可是，或許該感謝左黎，見過喝醉後的千騰慎、瞭解到他使過的各種小心思後，一瞬間左源覺得，千騰慎說的也許全是真話。

他真的準備了一個誰都找不到他們的地方。

因為他害怕無法和左源在一起。

因為這個看似無所不能、優秀得過分的男人，就是拿左源沒轍。

他就是喜歡上了這個唯一的、讓自己沒轍的傢伙。

笑容不自覺地浸透進眼眸中，左源越發慶幸，自己當初只花幾秒就決定掰彎自己的性傾向，去喜歡這個男人，而沒有讓他的愛意在自己的不確定中變質。

「到了。」車精準地倒入露天停車位，千騰慎扭頭幫左源解開安全帶。「走嗎？」

「嗯！」

手掌落在對方正要抽離的手背上，左源拉住千騰慎，趁他不備，傾身在他嘴角蓋上一吻。「今天結束後，帶我去看看你說的地方吧。」

「我覺得，你的父母會接受我們的。」鼻尖抵著鼻尖，千騰慎像是自我催眠一般，認真地說道：「我們會在大家的祝福中在一起的，左源。」

「我知道啊。」面對這樣認真又可愛的男人，左源咧開嘴，回給他一個燦爛無比的笑容。「讓我們把你準備的最糟糕的結果，也變成驚喜吧！」

「……」

「當然我是不會認輸的，我會準備更棒的驚喜給你，小慎！」

近在咫尺的男人垂眸，雙眼彎成了好看的月牙形。

那是左源最喜歡的笑顏，光是看著，就覺得整顆心都彷彿浸入了無形無色的蜜糖之中。

「我愛你，左源。」

「真巧，我也是！」

兩隻手不知何時十指相扣，左源側頭，再度親吻上眼前的唇。

反正已經到家門口了，再多花幾分鐘時間用來親吻，應該沒關係吧？

左源如此想著，閉上了眼睛。

THE END

後記

唷！初次見面，或是再次見面，請多多指教，這裡是翼！

天啊……我究竟有多久沒有寫過上面這句話了？差不多有兩年了吧？從開始工作起，我就沒有再寫過小說了。

也許是工作太累了，也許是在創作途中積累了太多的自我否定，導致我懈怠了；也許是缺了個繼續寫小說的契機，也許……有很多很多的原因，導致我雖然腦中還有許多各式各樣的故事，但就是很難定下心，把它們再用小說的方式寫下來。

這次，真的非常感謝編輯桂花糕老師找到我這條鹹魚，願意相信我能再寫出一本小說、相信我筆下的故事。

也多虧了她，我又找回了寫小說的快樂！

真的，非常感謝她！願她永遠身體健康，再多找我寫幾本書！（計畫通！）

（好啦，身體健康是最重要的！向編輯大人發送我真摯的祝福！）

然後來說說這次的故事！

這是《非常男子高校》的番外小說，前作是全年齡向的校園小說，是關於一群可愛無邪的男孩子們被老師折騰、互相折騰，努力讀書提高成績，最後得到認可的故事。一共三本已完結。總體來說，和現在看到的故事風格，完全不一樣！

作為番外，這次的故事，首先它不再是全年齡向的故事。

今年，桂花糕老師找我寫番外時，說：「好多年過去了，讓我們來給主角們寫一本真正有愛的故事吧！」

我：「你說的好像很有道理，但我不會寫愛！」

桂花糕老師：「不想寫嗎？」

我：「但我想看總是畫全年齡向插圖的 TSUBASA 老師也下海畫愛～」

於是秉持著，要下海就一起下海，迫害畫師 TSUBASA 老師為首要目標，重拾對小說的興趣為第二目標的初衷，我開始創作這本書。

不知道你看完本書，覺得如何呢？

老實說，對於內心只有戰鬥！熱血！友情！的我來說，寫床戲真的……要了我的老命！

幸好順利地寫完了。

也終於給了左源和千騰慎一個甜甜甜的幸福結局。

我無憾啦！

最後，萬分感謝給予我無數幫助的編輯、朋友，以及看完這本書的各位！希望你們、尤其是一直在等待《男高》後續番外的朋友能喜歡這個故事。

也希望我們能在下一本書再見！

是的，我會繼續努力創作的。

這次不會再輕易放棄了。

以上。

翼・努力復健模式（？）OFF

二〇二一・六・六

翼想本
非常男子高校　番外篇

著　　者／吾名翼
封面插畫／ツバサ
榮譽發行人／黃鎮隆
國際版權／黃令歡、梁名儀
總 經 理／陳君平
企劃宣傳／楊玉如、洪國瑋
協　　理／洪琇菁
執行編輯／陳昭燕
總 編 輯／呂尚燁
美術編輯／陳聖義
美術監製／沙雲佩
內文排版／謝青秀

出　　版／城邦文化事業股份有限公司 尖端出版
台北市中山區民生東路二段一四一號十樓
電話：（〇二）二五〇〇－七六〇〇
傳真：（〇二）二五〇〇－二六八三
E-mail：7novels@mail2.spp.com.tw

發　　行／英屬蓋曼群島商家庭傳媒股份有限公司城邦分公司 尖端出版
台北市中山區民生東路二段一四一號十樓
電話：（〇二）二五〇〇－七六〇〇（代表號）
傳真：（〇二）二五〇〇－一九七九

中彰投以北經銷／楨彥有限公司（含宜花東）
電話：（〇二）八九一九－三三六九
傳真：（〇二）八九一四－五五二四

雲嘉經銷／威信圖書有限公司 嘉義公司
電話：（〇五）二三三－三八五二
傳真：（〇五）二三三－三八六三
客服專線：〇八〇〇－〇二八－〇二八

南部經銷／威信圖書有限公司 高雄公司
電話：（〇七）三七三－〇〇七九
傳真：（〇七）三七三－〇〇八七

香港經銷／城邦（香港）出版集團有限公司
香港灣仔駱克道一九三號東超商業中心1樓
電話：（八五二）二五〇八－六二三一
傳真：（八五二）二五七八－九三三七
E-mail　hkcite@biznetvigator.com

新馬經銷／城邦（馬新）出版集團Cite（M）Sdn. Bhd.
E-mail　cite@cite.com.my

法律顧問／王子文律師　元禾法律事務所
台北市羅斯福路三段三十七號十五樓

二〇二一年十月一版一刷

郵購注意事項：
1.填妥劃撥單資料：帳號：50003021戶名：英屬蓋曼群島商家庭傳媒(股)公司城邦分公司。2.通信欄內註明訂購書名與冊數。3.劃撥金額低於500元，請加附掛號郵資50元。如劃撥日起 10～14日，仍未收到書時，請洽劃撥組。劃撥專線TEL：(03)312-4212 ・ FAX：(03)322-4621。E-mail：marketing@spp.com.tw

國家圖書館出版品預行編目資料

非常男子高校・番外篇 / 吾名翼作. -- 1版. --
臺北市：城邦文化事業股份有限公司尖端出版：
英屬蓋曼群島商家庭傳媒股份有限公司城邦分公
司尖端出版發行, 2021.10
面；　公分
ISBN 978-626-316-093-4（平裝）

857.7　　110013799